청년 우장춘

이 도서의 국립중앙도서관 출판시도서목록(CIP)은 e-CIP홈페이지(http://www.nl.go.kr/ecip)와
국가자료공동목록시스템(http://www.nl.go.kr/kolisnet)에서 이용하실 수 있습니다.
(CIP제어번호:CIP2015035463)

청년 우장춘

이남희 지음

실천문학사

차례

프롤로그

식민지 시절 한국은 일본의 식량 공급 기지였다. 땅 없는 일본 농민들이 몰려와 한국 농민들을 만주며 연해주로 쫓아냈고, 일본에서 들여온 종자로 농사짓도록 강요했으며, 생산한 쌀의 1/3을 일본으로 빼앗아갔다.

해방이 되자 한국은 종자를 자립하고 식량문제를 해결하는 것이 급선무였다. 그를 위해 1950년 한국 정부는 농업과학연구소를 설립하여 소장으로 우장춘 박사를 초빙하였다.

우장춘은 다윈의 진화론을 수정하여 세계를 놀라게 한 과학자로서 이승만 대통령이 가장 공을 들이는 외교상대인 미국에서는 겹피튜니아꽃을 개발한 인물로도 유명했다.

일본에서 태어나 살아온 우장춘은 초청을 받자 가족을 일본에 두고 혼자 귀국해서 동래 농업시험장에 부임하였다. 그러나 3개월도 지나지 않아 6.25가 터져 한국은 초토화되었다. 우장춘은 그에 굴하지 않고 식량자립을 목표로 연구를 계속해나갔다.

전쟁 발발 3년째인 1953년 여름. 일본에서 어머니가 위독하시다는 연락이 왔다. 우장춘은 여권을 신청했으나 발급은 차일피일 미뤄졌다. 7월로 접어들었다. 그해엔 가뭄이 심했다. 농업시험장 작물들은 노랗게 타들어갔고, 우장춘의 가슴도 마찬가지였다.

1부

1953년 부산

어머니의 아들

수위실 앞에 우편집배원이 와 있었다. 정문 기둥의 그늘에 서서 수위와 말을 나누고 있었다. 뙤약볕에 하얗게 색이 바래고 그림자는 발밑까지 졸아들어 백일몽처럼 보였다.

시험용 논에서 우장춘은 허리를 펴다 멀리 그 광경을 보곤 그대로 굳어버렸다. 심장이 쿵 멎더니 확 쪼그라들었다. 어머니가 편찮으시단 편지를 받은 뒤론 자주 그랬다. 일본행 여권이 나오기를 기다리는 동안 더 나쁜 소식이 올까 두려웠다. 군은 가슴팍을 탕탕 치고 억지로 숨을 내쉬었다.

옆 연구원이 벼 포기의 키를 자로 재면서 성장이 더디다고 구시렁거렸다. 물이 모자라는 것이다. 이번 벼는 유전자 합성 실험 두 번째로, 목표는 한 번 심어서 두 번 수확하는 볍씨 개발이었다.

사환이 달려왔다.

“공문이 왔습니다.”

받아보니 진도에서 개량종 무, 배추를 재배할 채종포(씨앗을 얻기 위해 재배하는 밭)가 준비되었다는 내용이었다.

다시 한숨이 나왔다.

“나쁜 소식입니까? 박사님 표정으론 좋은지 나쁜지 모르겠군요.”

연구원이 같이 허리를 펴며 물었다.

“좋은 소식. 진도엔 올해 비가 순조롭게 내렸다는군. 이제 거기서 씨앗을 수확해서 보급하면 되겠네.”

함성이 터졌다.

“드디어 종자자립이다!”

“앞으론 일본에서 씨앗을 사오지 않아도 김장을 담글 수 있겠군요.”

감격해서 만세를 외치거나 눈물을 보이기까지 했다.

우장춘도 미소 지으며 논둑의 고무신을 찾아 신었다. 발에 묻은 진흙이 금방 허옇게 말라붙었다.

“어디 가십니까?”

“총무과장과 얘길 좀 하려고. 진도시험장 예산을 서둘러야겠네. 그리고 오늘 파는 우물에선 물이 나올지도 걱정이고.”

"삼세번이라고 세 번째 파는 거니까 이번엔 물이 나올 겁니다."

가뭄이 큰 문제였다. 어서 지하수를 찾아내야 작물을 살릴 수 있었다. 시험장 뒷산인 금정산 밑에서 오래 살아온 노인들 말로는 아무리 가물어도 7월 소서만 지나면 비가 내린다고 했다. 그러나 급했다. 우물을 파든 낙동강 물을 공수해오든 당장 물이 있어야 했다.

본관은 낮잠에 빠진 듯 고요했다. 총무과는 텅 비었다. 라디오가 혼자 떠들고 열린 창문에선 하얀 포플린 커튼이 유령처럼 휘날리고 있었다. 그는 커튼을 일일이 잡아매며 창밖을 살폈다. 하늘엔 구름 한 점 없었다. 오늘도 소나기조차 내리지 않을 듯 했다.

"이래저래 박 비서관을 꼭 만나야 하는데……."

어머니가 계신 교토는 분지라서 이곳 부산보다 훨씬 더울 것이다. 이런 더위 속에 누워있다보면 욕창이 생길지도 모른다. 그 생각을 하자 다시 가슴이 콱 막혔다.

라디오 시보가 울리고 뉴스가 시작되었다. 첫 소식으로 밀가루 값 폭등으로 부산 시내가 들썩거린다고 했다.

"원조 밀가루를 매점매석하는 기업가들은 친일 매국노와 같습니다."

격앙된 시민들의 발언이 나왔다. 옳소 하는 추임새와 박수

소리가 거리 소음과 섞여 하수구 거품처럼 부글부글 끓었다.

악수표 밀가루.

미국에서 오는 밀가루 포대엔 악수하는 두 손이 찍혀있어 다들 그렇게 불렀다. 6.25 전란이 터진 후 한국은 그렇잖아도 부족한 식량을 미국 원조에 더욱 기대게 되었다. 부산지역은 식량사정이 더욱 나빴다. 전국의 피난민이 몰렸기 때문이었다. 꽁보리밥은커녕 국수조차 못 먹는 사람이 많았다. 겨울 새벽, 거리에선 추위와 굶주림으로 죽은 시체가 심심찮게 눈에 띄곤 했다.

이런 형편이니 연구소 직원들을 굶기지 않는 건 소장 자신의 책임이었다. 게다가 이번에 새로 만든 진도시험장 경비도 마련해야 하고, 가뭄으로 예산에 없던 우물 공사도 거듭되고 있었다. 여권발급 말고도 박 비서관이 해결해줘야 할 일은 산더미였다.

1950년 3월 한국에 왔을 때 경무대(청와대)에서 박 비서관을 처음 보았다. 대통령 이승만을 독대한 자리였다.

대통령은 우장춘을 보자 대뜸 말했다.

"잘 와주었다. 네가 바로 우범선의 아들이냐?"

흙먼지 자욱한 지난 역정을 더듬듯 단어를 띄엄띄엄 내놓는 대통령의 말소리는 떨리고 있었다. 50여년 긴 망명생활의 피로

가 밀가루 반죽처럼 뚝뚝 떨어지는 듯 했다.

망명(亡命: 목숨을 잃다). 조국을 떠나는 게 목숨을 버리는 일이라는 뜻인가? 실제로 아버지는 조국을 떠나 목숨을 잃었다.

아버지의 이름을 우장춘 면전에서 말한 사람은 대통령이 처음이었다. 뜨거운 감자가 목구멍에 탁 걸린 것처럼 얼굴이 벌개져 대답이 나오지 않았다. 대통령도 감회에 젖은 듯 한동안 말없이 고개만 끄덕거렸다.

"너 때문에 한국도 미국에다 자랑할 게 생겨서 기쁘다. 앞으로 고충이 생기면 저 사람에게 말해라. 뭐든 다 해결해줄 게다."

그때 가리킨 이가 바로 박 비서관이었다. 그런데 요즘은 얼굴 보기도 힘들었다. 전화도 받지 않았다. 8월이면 정부가 부산에서 서울로 돌아간다더니 바쁜 모양이었다. 그래도 만나야 했다.

총무과를 나와 뒤뜰 등나무 밑으로 갔다. 직원들이 모여 늦은 점심을 먹고 있었다. 허옇게 녹슨 알류미늄 도시락에 까만 보리밥, 노란 단무지 반찬이 전부였다. 멀리서 봐도 단무지는 결구가 덜 돼 속이 빈, 가느다란 무였다. 씹으면 퍼석거릴 것이다. 내년 종자보급에 성공하면 단단하고 속이 꽉 찬 무를 먹을 수 있을 것이다.

우장춘이 나타나자 몇몇은 황급히 도시락 뚜껑을 덮었고,

평상에 길게 누웠던 이들은 우줄우줄 일어났다.

"그대로 쉬게. 이렇게 더우니 잠깐 눈을 붙이는 것도 좋겠지. 김 과장을 찾고 있네."

"강당에 계십니다. 좌담회가 길어지는 모양입니다."

"좌담회?"

"학생들 불러다 대화하는 거요. 가을에 연구원을 뽑으려면 홍보를 해야잖습니까?"

"그랬지. 오늘인가… 일단 물을 얻어 작물들이 기운을 차린 다음에 불렀더라면 더 좋았을 걸. 요즘 같아서야 시험장이 농사를 폐했단 말이 나와도 이상하지 않을 지경이니……."

"연구소 외양을 보고 지원하는 학생이라면 합격해도 제대로 된 연구원은 못 될 겁니다."

"몇이나 오려나… 휴전협정을 목전에 두고 다들 부산을 떠나는 추세이니."

"정 걱정이시면 박사님께서 강당에 들러보시면 어떨까요?"

우장춘은 고개를 저었다.

"내가 무슨 도움이 되겠나? 한국말을 못하니 설득할 수도 없을 테고."

"설득이야 연구 실장님이 하실 테고, 박사님은 얼굴만 보여주셔도 충분합니다. 우리 시험장에 견학 오는 국민들이 식물 유전이나 육종학에 관심이 있는 줄 아십니까? 연구실이나 시험포는 보여줘도 건성입니다. 어서 박사님을 뵙게 해달라고 아우성이죠. 한국의 자랑, 우장춘 박사를 만나는 게 목적이니까요… 어라? 넌 뭐냐? 사무실 지키라니까."

직원이 너스레를 떨다 우장춘 등 뒤를 건너다보며 말했다. 사환이었다. 그가 헉헉거리며 말했다.

"전화가 와서요. 오성사요, 박사님."

"응?"

"오늘 저녁, 연회에 참석하시는지 확인해 달래요."

"그보다 박 비서관님이 연회에 오시는지 알아봤나?"

"물론이죠. 담당자 말이 참석 확인이 됐답니다."

사환이 의기양양하게 대답했다. 우장춘은 한시름 놓았다.

드디어 오늘은 만날 수 있을 것이다.

"큰일 났군!"

홍익종묘 사장 김중곤이 소리쳤다. 부산 시청 앞 삼거리에서 데모대와 딱 맞닥뜨렸다. 차들이 줄줄이 늘어섰다. 김중곤은 안절부절 궁둥이를 들썩이며 운전기사에게 빠져나갈 방도를 찾아내라고 재촉했다. 기사는 창밖으로 목을 길게 빼고 훑어보더니 고개를 저었다.

"죄다 막혔는데요."

시큰둥했다. 속이 탔다.

오늘 저녁 오성사 연회가 있었다. 그 전에 동래 시험장에 가서 우 박사를 만나야만 했다. 며칠 전 국제호텔 로비에서 오성사 사장 이규철을 봤었다. 무심코 지나쳐 호텔 문을 나선 뒤에야 심상찮다고 이마를 쳤다. 이규철은 윤영립 전의원과 함께 있었던 것이다. 흔치않은 광경이었다. 이규철은 여당 후원회장이고, 윤영립은 야당 막후 실세였다. 부산 정치파동이라 불릴 정도로 여야는 극한대립 중이었다. 그런 시기에 두 사람이 화기애애 담소를 나누고 있다니. 게다가 윤영립은 평소 김중곤이 경계하는 인물이었다. 우 박사와 대립각을 세워 우 박사는 민족의 수치라고 떠들고 다녔다. 음모가 있을지 모른다.

그나마 들어오던 차창의 바람도 뚝 그쳤다. 도로 한복판에 멈춰선 지프차는 뙤약볕을 쬔 깡통처럼 뜨겁게 달아올랐다. 땀은 시냇물처럼 흘러내렸다. 넥타이를 풀다가 내처 양복 윗도리까지 벗었다. 국제시장 쪽에선 인파가 꾸역꾸역 흘러나오고 있었다. '애국의 길'이란 손팻말과 펼침막을 든 부근에서 확성기가 떠들어댔다. 찌그러진 기계음이 찍찍 고막을 긁었다.

"국민 여러분, 여기는 애국시민회입니다. 우리는 원조 밀가루를 팔아 폭리를 취하는 오성사와 같은 모리배들을 엄단할 것을 촉구합니다. 부정부패는 더 이상 용납돼선 안 됩니다."

도로 양쪽의 구경꾼들이 와하고 함성을 지르며 박수쳤다.

운전기사도 창밖으로 침을 퉤 뱉으며 고개를 끄덕였다.

"그렇고말고. 미국은 공짜로 주는 밀가루라는데, 그걸 국민들에게 이만 원, 삼만 원씩 받고 팔다니 말도 안 되지. 말로는 애국자라면서. 양심에 털 난 매국노들이야."

개나 소나 입만 열었다 하면 애국이었다.

김중곤은 짜증이 솟구쳐 기사의 어깨를 쳤다.

"애국타령 그만하고, 빠져나갈 방도나 찾아보라니까."

"소용없다니까요. 구경하면서 기다릴밖에."

기사는 구경거리가 생겨 신이 났다. 다들 그런 것 같았다. 구경꾼들은 끝없이 몰려들었고, 도로 변 2, 3층 창문에는 얼굴들이 다닥다닥 달라붙었다. 거리 복판까지 휘저으며 뛰어다니는 아이들을 제지하느라 경찰들의 호각 소리가 요란했다.

갑자기 소리가 뚝 그쳤다. 두터운 솜이불을 덮어씌운 듯 벙벙한 정적이 흘렀다. 잠시 뒤 사이렌 소리가 긴장을 깨뜨리며 헌병대의 하얀 지프차들이 나타났다. 대신동 쪽에서 또 다른 데모대가 오고 있었다. 깃발과 확성기를 단 지프차를 앞장세운 청년들이었다. 펼침막에는 붉은 페인트로 '휴전협정 결사반대', '북진통일' 같은 말이 쓰여 있었다. 확성기에서 걸걸한 목소리가 떠들었다.

"애국시민 여러분, 여기는 백골단입니다. 애국청년들이 모여 조국을 위해 백골까지 바치기로 맹세한 청년들입니다. 북진통일을 원하는 애국시민들의 뜻을 받들어 거리에 나섰습니다…….”

곧 충돌하리라! 소름이 쫙 돋았다. 두 데모대 사이에 피 튀기는 난투극까지 벌어질지도 모른다. 백골단에겐 경찰이나 헌병대도 꼼짝 못한다는 소문이었다. 뒷배가 있어 잡혀가도 애국자라고 곧 풀려나기 때문에 함부로 폭력을 휘두른다고 했다.

위협을 느낀 구경꾼들은 슬금슬금 뒷걸음질 쳤다. 경찰이 다가와 김중곤의 차도 옆으로 빼라고 지시했다. 기사는 차머리를 자갈치 시장 쪽으로 틀었다.

“안 돼. 눈치껏 뭉개다가 빠져나가자고. 한시바삐 동래에 가야 한다니까.”

“소용없어요. 우선 피해야죠. 혈투라도 벌어져 봐요. 차는 엉망이 될 겁니다.”

기사가 우겼다. 그러나 자갈치 쪽도 군중이 들어차 꼼짝 못하기는 마찬가지였다.

울화통이 터졌다. 다시 한 번 기사를 해고해야겠다고 다짐했다.

‘이참에 차도 없애야 돼.’

성급했었다. 자가용은 아직 사치였다. 군의 지프를 싸게 불하해준다는 말에 덜컥 장만하고 보니 비용이 장난 아니었다. 무리였다. 회사가 제 궤도에 오른 다음이라야 했다.

회사가 잘 되려면 우 박사의 종자자립 계획이 성공해야 한다.

종묘상들 중에서 김중곤은, 해방이 됐는데도 여전히 일본에서 씨앗을 수입해야 농사를 지을 수 있는 한국의 현실을 개탄하는 쪽이었다. 그래서 일본에서 우장춘 박사를 모셔오자는 환국추진위원회에 이름을 올렸고, 박사의 귀국비용을 모금할 때 기부도 했다. 독립국가라면 당연히 식량도 자립해야 한다는 소박한 신념 때문이었다. 오성종묘와 같은 연륜 있는 종묘상들은 그런 김중곤을 비웃었다. 종자생산이란 오랜 학문적 토대 없이는 할 수 없다고들 했다.

그러나 김중곤은 우 박사를 믿었다.

우 박사를 생각하자 김중곤의 조급증은 더욱 심해졌다.

국제호텔에서 이규철을 본 뒤 김중곤은 사방을 쑤시고 다녔다. 무슨 꿍꿍이가 있는지 알아내야 했다. 정계는 물론 언론, 학계까지 연줄 닿는 대로 알아보고 다녔다. 국회의원 비서인 동창을 찾아갔더니 그곳에 마침 윤영립이 나타났다. 비서와 함께 꾸벅 인사했다.

"아, 김신안 군 조카?"

윤영립은 그를 금방 알아보곤 따뜻하게 안부를 물었다. 김중곤은 더욱 깊숙이 고개를 숙였다. 관심을 보이는 게 겉치레가 아닌 듯 그의 근황까지 꿰고 있었다.

"종묘회살 차렸단 말 들었네. 우 박사가 종자자립을 하면 씨앗을 보급할 거라고? 군처럼 우수한 엘리트가 되잖을 허풍에 홀리다니… 쯧, 좀 더 가치 있는 일을 찾아보는 게 어떤가?"

번쩍 고개를 들었으나 대꾸할 새도 없이 회의실로 가버렸다.

"허풍이라니?"

비서실에 남아 김중곤이 투덜거리자 친구는 실쭉 웃었다.

"의원님은 네 재주를 아껴서 걱정하시는 거야."

"혹시 우 박사를 질투하시나?"

"고결하신 의원님께 무례한 억측이야. 사실 자유당을 싫어하잖아. 그런데 자유당과 이승만은 우 박사를 애국자의 표본으로 내세우고……."

"말도 안 돼. 우 박사를 자유당 쪽 모리배들같이 보다니! 그분은 이미 세계 최고의 학자, 더 어떤 출세를 바라겠어? 농림부 장관 자리도 거절하고 연구에만 전념하고 계시잖아. 사심이라곤 손톱만큼도 없는 분이야."

"사심이 손톱만큼도 없는 사람이 정말 있을까? 관직은 거절했지만 이승만과 우 박사 사이에는 모종의 거래가 있는 게 아닐까?"

"우 박사님은 사심없는 애국자야. 난 그런 분은 생전 처음 봤다고."

김중곤은 가슴까지 탕탕 치며 반박했다. 우장춘 박사의 진정성을 표현할 말이 이렇게 없다니… 기가 막혔다.

"사심없는 애국자?"

동창은 껄껄 웃었다.

"순진하구나. 촌스럽게 그런 말을 믿다니."

매사 긍정적인 친구조차 김중곤을 비웃고 있었다.

애국자란 말을 하도 아무에게 붙이다 보니 이젠 헌 동전처럼 더러워졌다. 은행에서 갓 나왔을 때의 반짝임 그대로를 간직한 순수한 새 동전도 있다는 걸, 사람들은 인정하려 하지 않는다.

우 박사에 대한 일각의 오해를 절감했다.

이런 분위기니까 음모가 먹히는 것이리라. 특히 수구파들은 경계해야 했다. 그들은 우 박사를 음해하면서 사방에 마수를 뻗치고 있었다. 그런 사실을 우 박사가 아셔야 한다. 애국을 빙자하여 김구 선생도 암살하는 마당에, 오불관언 자기 임무만 다하면 된다는 생각은 뇌 주름이 없는 순진 그 자체였다. 자신에겐 그런 박사를 지킬 책임이 있었다.

'어서 가서 우 박사가 오성사 연회에 가지 못하게 말리자.'

김중곤은 발을 동동 구르다 차를 버리기로 했다. 운전기사는 싸움구경이나 하게 놔두고 자신은 걸어서라도 시청 앞을 빠져나가기로 했다. 초량동에는 동래행 전차가 있었다. 운 좋으면 도중에 승합택시를 만날 수도 있을 것이다.

강당은 열기로 뜨거웠다. 학생들의 얼굴은 상기되어 있었다. 창문들이 활짝 열려 흥분한 말소리들이 우렁우렁 흘러나왔다. 젊고 활기찬 목소리들이 상쾌했다. 창에 다가서니 김 과장이 연신 손목시계를 힐끔거리는 게 보였다. 시간을 초과한 것이다. 사회를 맡은 홍실장은 눈치 없이 토론을 질질 끌고 있었다. 흥분해서 그의 눈이 기름먹인 듯 번쩍거렸다. 열 올랐을 때 버릇대로 땀이 줄줄 흐르는 이마를 연신 훔쳤다. 우장춘은 밖에 선 채로 엿들었다.

"고리타분한 의견이라니까요."

어떤 학생이 말을 가로채며 일어섰다. 팔꿈치를 접으며 어깨를 으쓱하는 품이 미군들이 경멸할 때 보이는 몸짓 그대로였다.

"이름과 소속을 대고 발언하게."

홍실장이 주의를 주었다.

"전시연합 대학 학생입니다. 제 생각은 2차 세계대전이 끝난 지금, 세계적인 관점으로 생각할 필요가 있다는 겁니다. 구태여 내 나라, 네 나라 구분하는 건 구시대의 유물입니다. 그렇게 보면 종자자립이니 식량독립이니 하는 건 불필요할뿐더러 경제적이지도 않은 거죠."

웅성거림이 커졌다. 참석자들은 주로 생물학과나 농업학교 학생이어서 꽤나 파격적으로 들릴 터였다. 그러나 우장춘이 도쿄에서 대학을 다닌 1910년대에 이미 국경에 구애되는 건 후진적 사고라는 세계화주의가 유행했었다.

그 학생은 말을 이었다.

"지성인은 합리적으로 사고해야 합니다. 국경에 얽매이는 건 합리적이질 않죠. 경제를 전 지구적 관점에서 생각합시다. 합리성을 무시하고 국가주의 혹은 애국심에 호소하는 건 정권에 야합하려는 출세주의거나 단순 소박한 이상론입니다.

자, 한국은 인구가 많고 땅이 협소합니다. 이런 여건에선 농업에 주력하는 건 비효율적이죠. 그 힘으로 차라리 공업을 발전시켜 수출하고 식량은 수입하는 게 합리적입니다. 개인이 장점은 발전시키고 단점은 지양해야 하는 것과 마찬가지죠. 대부분의 선진국들은 그렇게 경제발전을 해왔습니다."

"현실을 무시한 이론이야. 사람이 생존해야 경제고 문화고 있는 건데, 국민의 식량을 다른 나라에 의존하는 건 생명을 건 도박이야."

반론이 제기 되었다. 강당은 벌집 쑤신 것처럼 들끓었다.

"식량자립이 안 되면 독립국가가 아니라고 주장하는 게 무식한 거야."

"개인이 장점은 살리고 단점은 커버해야 하듯 국가도 마찬가지. 공업으로 돈을 벌어서 식량을 사오면 그만이야. 그게 합리고 경제야."

학생들은 중구난방 떠들었다.

김 과장이 손짓으로 손목시계를 가리키며 홍실장을 채근했다. 홍실장이 고개를 끄덕였다.

"자자, 진정들 하게."

홍실장이 팔을 내저었으나 소란은 쉬 가라앉지 않았다.

"내가 결론삼아 말한다면, 세계화를 내세우더라도 식량문제만은 국민의 생존이 달린 만큼 다른 경제문제처럼 풀어선 안 된다고 보네. 사람이 살아있어야 경제든 문화든 가능하니까."

학생 한 명이 손을 번쩍 들고 발언했다.

"알기 쉽게 구체적인 예를 들어주세요."

홍실장은 기침을 하며 뜸을 들인 다음 대답했다.

"국가 간 전쟁이 일어나는 원인은 대부분 자원이나 식량 때문일세. 원래 일본은 쌀이 모자라서 자주 폭동이 일어나는 쌀 부족 국가였네. 구한말 일본상인들은 한국에서 주로 쌀을 수집해갔어. 한국에 흉년이 들어 방곡령을 내려 쌀 유출을 막자 일본은 청일전쟁을 일으켰고, 그러다 아예 한국을 식민지로 삼아버렸지. 그 후 한국에서 식량을 공급받아 그걸 기반으로 아시아를 침략, 태평양전쟁까지 일으킬 수 있었네. 식량은 그처럼 중요해. 만약 어떤 국제간에 식량을 무기화해서 팔지 않겠다고 하면 어떻게 되겠나? 역사를 살펴봐도 식량보급이 차단된 군대는 항복하거나 패배할 수밖에 없었네."

외치는 소리가 들렸다.

"사람이 매몰됐다."

우장춘은 놀라 나와 보려다 뛰어오는 직원들과 부딪쳤다.

"사고가 났습니다. 우물 벽이 무너졌어요."

"흙벽이 자꾸 무너져 내립니다. 지지대도 다 부러졌고요."

우왕좌왕 난리였다. 공사 터는 사과밭이었던 시험장 뒤켠이었다. 나무는 다 베어냈지만 밭으로 일구지는 못해 나무 그루터기와 덤불투성이었다. 북향인데다 산그늘이 졌다. 수맥 전문가는 거길 파면 물이 나온다고 했었다.

도착해보니 구덩이 입구에 우물 정(井)자로 걸쳤던 지지대들은 모두 사라졌다. 구덩이를 들여다보니 컴컴해서 깊이가 가늠되지 않았다. 살려달라는 비명 소리조차 아득했다.

"얼마나 깊이 팠나? 몇 명이 다쳤나?"

"물이 나올 때까지 파본다고… 두 명인데… 많이 다친 모양인데."

"구조대를 불러."

"경찰서에 전활 했더니 데모 땜에 모두가 부산 시내로 차출돼서 인력이 없답니다."

다들 발만 동동 굴렀다.

"우리끼리 하세. 누가 내려갈 건가?"

"밧줄을 지지해줄 목재가 더는 없습니다. 자재를 최소한으로 쓰는 바람에."

"그렇다고 구경만 하고 있나? 어서 사람들을 불러 모으게.

함께 붙잡아서 내려 보내지."

우장춘은 앞장서 남방셔츠를 벗고 달려들었다. 그제야 정신이 든 모양 사람들이 우 몰려들었다.

"박사님은 그냥 계십시오. 저희들이 합니다."

삽을 든 인부가 허리에 밧줄을 동이고 다른 밧줄 하나는 손에 쥐었다. 모두들 밧줄 끝을 잡았다. 인부는 손과 발을 다 써서 조심스럽게 흙벽을 짚으며 내려갔다. 한걸음씩 내딛을 때마다 마른 흙이 푸슬푸슬 무너져내렸다. 사람들은 긴장해 마른 침을 삼켰다.

"또 헛짚은 듯합니다. 이번에도 물이 안 나오면 큰일인데. 공사비도 바닥났는데."

김 과장이 우 박사 옆에서 한숨을 쉬었다.

"외상으로 또 파봐야지. 작물을 살리는 게 우선일세."

"감독은 외상으론 더 못한답니다. 다른 공사비까지 밀린 판이라. 정부에서 예비비라도 먼저 지급해주면 한숨 돌릴 텐데… 우리 연구는 계절을 놓치면 낭패라는 걸 몰라주니 문젭니다. 오늘 저녁 비서관님을 뵈면 꼭 말씀하세요. 시험장 사정이 가뭄 때문에 더 다급해졌다고."

바닥에 닿았다는 신호가 올라왔다. 부서진 판자조각이며 흙더미를 걷어내고 부상자를 찾는데 꽤 시간이 걸렸다. 부상자를 밧줄에 묶었다는 외침이 들렸다. 모두들 땀을 뻘뻘 흘리며 잡아당겼다. 끌어올려 보니 한사람은 허벅지가 깨져 피와 흙으로 곤죽이었다. 또 한 사람은 뼈를 다쳤는지 건드리기만 해도 비명을 질렀다. 근처 병원이라곤 미군부대 뿐이었다. 공사감독이 우장춘에게 부탁했다.

"박사님께서 전활 한 통 해주세요. 부대장이 박사님을 존경한다니 박사님 부탁이라면 받아줄 겁니다."

전화를 하고 부상자를 호송 보낸 뒤 시계를 보았다. 오성사연회에 참석하려면 곧 출발해야 했다.

깨끗한 와이셔츠와 바지를 가져오라고 이르고 부속실로 갔다.

김 과장이 달려왔다. 여전히 흙먼지를 씻지 못한 채였다.

"출발 전에 내게 예산안을 주게. 박 비서관을 만나면 보여주겠네."

"서류는 이미 보냈으니 박사님은 말씀만 해주세요."

"종자보급을 하려면 인건비를 넉넉히 계상해야 돼. 그리고 이번 가을부터 수입 씨감자를 대체할 씨감자 생산 적지도 찾아야 하는데, 그것도 넣었나?"

"예. 연구만 하셔도 송구스런 터에 이런저런 잡무까지 신경쓰시게 해서 죄송합니다… 그런데 김중곤 군이 왔는데… 이리로 오라고 할까요?"

"바로 나가야 하는데? 무슨 용건인가?"

"연회에 가시기 전에 꼭 뵈어야 한다고… 잠깐 만나보시죠."

얼핏 김 과장 얼굴에 어두운 그림자가 스쳤다. 또다시 가슴이 철렁했다.

부속실로 들어선 순간, 우 박사의 헉헉대는 밭은 숨소리가 김중곤의 귀를 찔렀다. 우 박사는 흙투성이였고 숨까지 몰아쉬고 있었다. 구조를 도왔다고 했다. 때문인지 얼굴색은 평소보다 더 짙은 흙빛이었다. 김중곤은 한참이나 우 박사의 기색을 살폈다.

1950년 부산 부두에서 처음 본 우 박사는 50대 건장한 장년이었다. 체격은 튼실하고 힘이 넘쳐보였다. 그로부터 겨우 3년이 지난 지금, 우 박사는 폭삭 늙어버렸다. 체중은 불고 등은 노인처럼 구부정해졌다. 갑자기 불어난 살은 물먹은 스펀지처럼 축 늘어져, 직원들이 불독이란 별명까지 붙일 정도였다. 게다가 푸석하고 거무칙칙한 안색은 분명 몸속 어딘가가 나빠지고 있단 조짐일 것이다. 그러나 우 박사는 피곤하다거나 몸이 안 좋다는 불평을 하지 않았다. 늘 명랑했고, 한결같이 연구에만 몰두하고 있었다. 그런 그의 건강을 챙겨줄 가족은 일본에 떨어져 있었다.

그게 김중곤은 안타깝고 서글펐다. 천재가 있어도 활동무대를 마련해주지 못하는 초라한 이 나라를 의식하지 않을 수 없었다.

어렸을 때 삼촌 김신안은 자주 우 박사 이야기를 했었다.

"한국에는 자신이 천재다, 민족지도자다, 자부하는 사람은 많아도 진짜 천재는 우장춘 박사 한 사람뿐이다."

귀를 의심했다. 학교에서나 항간에서나 한국의 천재라고 떠드는 이들 중 우장춘이란 이름은 없었던 것이다. 천재들의 행적은 화려해서 뉴스로, 소문으로 사람들 입에 오르내리고 있으니 한 번쯤 들어봤어야 했다.

"설마요? 첨 듣는 이름인데요."

"그래서 한국이 후진국 신세를 면치 못하는지도 몰라. 진짜 천재는 몰라보고 허세에 찬 명망가들을 떠받드느라 진짜 천재는 나서서 자랑질 하지 않아. 자기 길을 가기에 바빠서 그럴 짬이 없거든. 자신이 천잰지 아닌지 생각조차 안 해. 그저 자기 길을 갈 뿐이거든. 그렇기 때문에 진짜 천재는 언뜻 보기엔 평범하고 어리숙해 보인단다.

우 박사는 청년 시절까지 그랬어. 그러나 시간이 흐르자 진짜 천재라는 사실이 드러났지. 오랜 연구 끝에 다윈의 진화론에 도전, 그 이론을 수정했어. 전 세계가 깜짝 놀랐지. 그래도 한 번도 자랑한 적이 없어. 그동안 천재를 자처하던 유명 인사들을 봐. 일본이 창씨개명을 강요하자 스르르 굴복하고 말았잖니. 하지만 우 박사는 끝까지 한국 성과 이름을 지켰고, 그 때문에 승진하지 못하고 만년 기수로 지내다 연구현장을 떠나야 했지만 소신을 굽히지 않았어. 자기 확신 없이는 불가능한 일이다. 자기를 믿고 자기 길을 확고히 지키는 것, 그게 진짜 천재야."

해방이 되자 삼촌은 우 박사만이 한국의 식량문제를 풀 수 있다며 사방을 설득하고 다녔다. 당시 젊은 데다 대학 나온 지식인을 자처하던 김중곤은 삼촌의 그런 열광이 어린애 같고 촌스럽고 후져보였다.

"한 사회의 발전이 개인 한 사람에게 달려있는 것처럼 주장하는 건 영웅주의 아닌가요? 영웅주의는 후진 생각이라고요."

"불행한 땅은 영웅을 필요로 한단다. 영웅주의라서 후진 게 아니라 가짜들에게 홀려 길을 잃다보니 이 땅이 후진국이 된 거야. 난 이 나라에서 진짜 천재가 마음껏 연구하고 활동하도록 돕고 싶을 뿐이다."

그렇게 해서 1949년 우장춘 박사를 일본에서 모셔오자는 환국추진위원회가 결성되었던 것이다.

"급히 할 말이 있다고? 막 부산시내로 나가려는 참인데."

우 박사는 몇 번이나 수건으로 털고 닦으며 차림새를 가다듬었다. 오랜만에 밀짚모자와 고무신을 벗고 와이셔츠에 넥타이를 맺으나 여전히 후줄근하고 지쳐보였다.

김중곤은 애써 차분하게 말했다.

"그 땜에 서둘러 왔습니다."

"길이 막히지 않던가? 듣자하니 시내에선 데모가 굉장한 모양인데?"

"그랬습니다. 시청 앞에서 두 데모대가 딱 마주쳐 일촉즉발이었거든요. 한쪽은 애국시민회, 한쪽은 백골단, 양쪽 다 애국을 부르짖는데, 한바탕 혈투라도 벌일 기세였어요. 하지만 둘 다 애국자라니… 박사님은 어느 쪽을 편들고 싶으세요?"

우장춘이 실쭉 웃었다.

"굳이 대답하라면 난 식량독립가일까?"

"에이 그런 건 없어요. 여당이든 야당이든 어느 한쪽……."

우 박사는 얼굴을 찡그리며 손을 내저었다.

"애국자들이 많아서 이렇게 나라가 시끄러운데, 나까지 입을 열면 더 시끄러워지지 않겠나? 그런데 용건이 있다고?"

"지금 오성사 파티에 가시는 거죠? 가지 마세요."

"응?"

우 박사가 눈을 휘둥그렇게 떴다. 안경 뒤에서 빛나는 눈빛은 우직하지만 날카로웠다.

"음모가 있습니다. 오늘 저녁 파티에서 저들이 박사님께 무슨 짓을 할지 모릅니다. 더구나 미군장교들까지 초청한 자리니까요.”

“저들이라니? 웬 뚱딴지같은 소린가?”

“요즘 ‘묻지마 테러’가 횡행하는 건 아시죠? 거치적거리는 인물이 있으면 일단 테러해놓고 애국심으로 그랬다고 빠져나가죠.”

우 박사는 멈칫하더니 이내 고개를 흔들었다.

“자네, 과민하구먼.”

“근거가 있습니다. 우선 파티를 주최하는 오성사 사장부터가 박사님께 호의적이질 않습니다. 동생 이규식은 오성종묘 사장. 오성종묘는 일본에서 종자를 수입하는 게 주력사업입니다. 박사님의 목표대로 한국이 종자자립을 하게 되면 그 회사 망하는 겁니다.”

“걱정하지 않아도 될 거야. 오성종묘도 바보는 아닐 테니 다른 활로를 강구하고 있겠지.”

어디까지나 태연했다. 김중곤은 애가 탔다.

“쉽게 볼 일이 아니라니까요. 사장 이규철은 민수협에 활동자금을 대고 있는데, 앞으로는 야당 국회의원들까지 후원하기로 했답니다. 박사님에 대한 방해공작이 본격적이 될 겁니다.”

“민수협?”

“민족정기수호협회요.”

“뭔데 이름이 그렇게 길어?”

“이름대로요. 윤영립 전 의원이 고문이니 짐작가시죠? 박사님과 같은 시기에 도쿄유학을 했다면서요? 그때부터 박사님을 매국노로 지목, 비난해왔고, 회장은 민병국. 민비의 친정조카로 민 씨네 종손이죠. 조선왕실과 관련된 인사는 다 모인 뎁니다. 저들의 일차적인 목표는 조선왕실을 복원하고 역적을 처단하는 겁니다. 그렇게 해서 민족정기를 지키겠답니다. 역적 명단의 맨 앞줄에 박사님 성함을 올려놨답니다."

윤영립이란 이름이 나오자 우 박사는 눈을 질끈 감고 굳어졌다. 그의 입술에선 알아듣기 힘든 신음 같은 토막말이 새어 나왔다.

"아아, 윤 선배는 여전히……."

"오늘 저녁 무슨 일이 벌어질지 모릅니다. 이미 저들은 박사님을 방해, 매장하려고 사방에 로비를 벌이고 압력을 넣고 있답니다. 게다가 대통령을 반대하는 야당 국회의원들도 덩달아 가세하고요.

그들 말론 박사님을 믿으면 큰코다친다고 합니다. 민비 살해의 역적 아들이다, 애국을 가장한 혼혈 매국노다, 가족을 일본에 두고 온 걸 보라고 합니다. 얼마 못가 일본으로 돌아갈 테니 지원해줘 봤자 국고낭비요, 결국엔 일본 좋은 일만 시키게 된다나요."

내친 김에 김중곤은 다 털어놓았다.

"난 도착하자마자 국민들 앞에서 약속했네. 아버지의 나라에 내 뼈를 묻겠다고."

"진심을 받아들이지 못하는 사람도 많습니다. 박사님이 한국말을 못하는 것도 마음이 없어서 그런 거다, 한국에 오래 있을 생각이 없어서 그렇다고 떠들고 다니는 걸요. 저들은 박사님을 방해하려고 혈안이 되어 있습니다. 어머님이 위독하신 데도 일본행 여권을 내주지 않는 것도 다 저들의 음모 때문입니다."

침묵이 흘렀다. 우 박사는 안경을 벗어 손수건으로 오래오래 닦았다.

김중곤은 애가 탔다.

"그래도 가실 겁니까? 혼자서?"

"총무과장과 동행할까 했는데, 일이 있대서."

"오성사가 갑자기 박사님을 초대한 까닭은 아십니까?"

"나도 궁금하네. 오성사하곤 워낙 왕래가 없던 사이라."

"함정이 분명합니다."

김중곤이 단언했다.

"그래도 가야지. 오늘 저녁 거기에 박 비서관이 온다하네. 문제가 산더민데 통 만날 수 없어."

긴장이 흘렀다. 우 박사의 고집은 꺾을 수 없기로 유명했다. 결국 김중곤이 포기했다.

"그럼 저라도 같이 가죠."

김중곤은 주머니에 말아 넣었던 넥타이를 꺼내 매기 시작했다. 다시 목깃에 땀이 흥건해졌다. 곧 해가 질 것이다. 날이 건조하니 어두워지기만 하면 선선해질 터였다.

함께 동래를 출발했다.

미화당 백화점 근처에서 차를 내렸을 땐 슬슬 어두워지고 있었다. 긴 그림자들이 박명 속으로 풀어지고 땅거미가 한층 짙어졌다. 남포동 쪽만 유독 불빛이 환했다. 그 동네엔 미군부대가 있어 송전 제한이 없기 때문이었다. 부산 본 항의 뱃고동 소리가 들렸다.

연회는 럭키홀에서 열렸다. 신임 미군장교 환영연이라고 했다. 오성사는 미국 원조물자를 불하 받아 팔고 있었으므로 미군과 우의를 돈독히 할 필요가 있을 거였다.

승강기를 기다리며 로비를 둘러보니 부산에서 내로라하는 인사들은 다 모이고 있었다. 3층에서 다우링 미 대사부인과 마주쳤다. 그녀의 눈동자가 화들짝 커지더니 얼굴 가득 미소가 번졌다.

"오늘의 주빈 콜드웰 중령을 소개하려고 기다렸어요. 이번에 새로 온 보급부대장인데, 박사님 팬이랍니다. 그는 평시엔 원예가인데 특히 피튜니아꽃을 좋아한대요. 한국 같은 전쟁터에 발령받은 건 싫지만, 박사님을 뵐 수 있다면 행운이래요. 어서 들어가시죠. 소개할게요."

비로소 전에 없이 오성사가 자신을 초대한 까닭을 알았다.

대사부인을 따라 파티장으로 들어갔다.

콜드웰 중령은 튼튼한 목과 어깨, 붉게 탄 피부여서 언뜻 농부 같았다. 그러나 눈매가 깊고 서늘해 지성적인 면모가 엿뵈기도 했다. 그는 우장춘을 포옹이라도 할 듯 반겼다. 신체접촉을 꺼리는 서양인으로선 지나치다 싶은 환대였다. 으스러져라 악수하며 한참을 흔들었다. 싱글벙글 미소가 그치지 않았다.

"전 박사님 팬입니다. 미국 제 집 정원에서 피튜니아꽃을 키우고 있습니다. 그걸로 가드닝 경진대회에서 상도 탔고요. 가드닝은 저의 기쁨입니다. 홑겹인 피튜니아를 그처럼 아름답고 화려한 겹꽃으로 만들어낸 분을 꼭 뵙고 싶었습니다. 그래서 한국에 부임하는 도중 일본에 들렀을 때, 휴가를 내어 사카다 농장에도 가봤습니다. 개발자는 한국인이라면서 상표는 일본 사카다 특허여서 이유가 궁금했거든요. 거기에도 일본의 식민지배를 받은 한국인의 애환이 들어있더군요.

저는 대학에서 생물학을 공부했습니다. 다윈을 존경했고요. 한때『종의 기원』은 제겐 성경이나 다름없었고, 우승열패, 적자생존은 의심할 수 없는 진리였습니다. 그런데 그런 이론을 반박 수정한 사람이 있대서 얼마나 놀랐는지요. 적자생존이 아니라 종간 협력, 투쟁이 아닌 상생이 자연의 원리라고 생각을 바꿔놓다니… 이건 코페르니쿠스가 태양이 도는 게 아니라 지구가 돈다고 한 것 못지않은 발상의 대전환입니다. 콜럼버스가 아메리카 대륙을 발견한 것에 비견할 만합니다. 인류발전을 투쟁이 아닌 상생으로 보게끔 새로운 패러다임을 연 것이지요. 서양도 아닌 동양에서 이런 연구가 가능했다니, 난 믿을 수가 없었습니다."

콜드웰은 열광하여 연설하듯이 말을 쏟아냈다.

우장춘은 적당히 응대하면서 두리번거렸다. 박 비서관을 만나야 했다. 긴요했다.

'오늘은 꼭 만나서 고충을 해결해야 한다. 예산도 확약 받고 여권도 발급받을 것이다. 어머니가 위독하시다. 돌아가시기 전에 한 번은 뵈어야 한다. 어머니는 홀몸으로 온갖 고생을 하며 나를 키우셨다. 그런 어머니를 외로이 돌아가시게 해선 안 된다…….'

박 비서관은 예전엔 영문과 교수였으니 저쪽 학자들 무리에 섞여있지 않을까.

갑자기 비명 소리가 났다. 군중은 술렁대며 반으로 쫙 갈라졌다. 음악이 그치고 중앙에 생긴 공간으로 이목이 쏠렸다. 어떤 청년이 단상으로 뛰어올라 오성사 사장을 덮치고 있었다.

"매국노를 처단한다!"

청년은 쩌렁쩌렁 울리는 목소리로 외치며 단검을 휘둘렀다. 사장은 마이크 지지대를 잡아 막다가 뒤로 나둥그러졌다. 재차 달려들어 깔고 앉듯이 지지대를 맞잡아 밀며 몸싸움을 벌였다. 다른 청년 하나가 단상 밑에서 태극기를 좍 펼쳐 흔들며 소리쳤다.

"국민들의 먹거리로 폭리를 취하는 매국노는 죽어야 한다. 굶주린 국민을 대표한 애국청년단이다."

검은 옷의 남자들이 나타나 우르르 단상으로 몰려갔다. 두 청년은 곧 제압당했다. 그들은 질질 끌려 나가면서도 계속 대한민국 만세를 외쳤다. 사장은 부축을 받으며 일어섰다. 배에 칼이 스쳤는지 살짝 피가 밴 와이셔츠를 양복 재킷으로 가리며 자리를 떴다.

다시 공간이 메워지고 음악이 시작되었다.

"또 애국소동이군요."

콜드웰이 칵테일 잔을 손에 쥔 채 빙글빙글 웃었다.

"한국에 도착한지 얼마 안됐는데 벌써 몇 번째 이런 소동을 목격하는지 모릅니다."

우장춘이 똑바로 쳐다보았다. 콜드웰은 웃음기를 거두며 말을 이었다.

"한국은 정말 불행한 땅인가 봅니다. 이렇게 애국자가 흔한 걸 보니. 휴전협정에 반대하면 애국자, 협정을 반대하는 대통령을 반대해도 애국자, 테러리스트도 애국자, 북진통일을 외쳐도 애국자… 사방에 애국자가 넘쳐납니다. 구경하는 나로선 대체 누가 진짜 애국자인지 어리둥절합니다."

우장춘은 한숨 쉬며 낮게 대꾸했다.

"애국자, 정말 많지요."

콜드웰이 눈을 반짝 빛냈다. 파란 눈이 잘 벼린 칼처럼 새파랗게 빛났다.

"박사님도 혼란스러운가요? 의외군요. 박사님이야말로 진정한 애국자라던데?"

"누가 그런 소리를 합니까?"

"사카다 종묘에서 그러더군요. 애국심 때문에, 일본에 있으면 이룰 수 있을 학문적 미래를 포기하고 한국에 가셨다고. 한국은 연구 환경이 안 되는 열악한 곳이어서 학자들에겐 무덤이나 다름없는데도, 가신 건 열렬한 애국심 때문이라고. 상당히 애석해 했습니다. 애국심만 아니면 앞으로 더 큰 업적을 낼 수 있을 텐데, 하고."

"모르고서 하는 말이죠."

"그럼 박사님은 애국자가 아닙니까?"

콜드웰은 나이답지 않게 순진한 질문을 던졌다.

우장춘은 쓰게 웃었다. 척박한 한국에서 하려는 일이 학자로서 얼마나 보람 있는 것인지 설명하기가 버거웠다. 무슨 말을 하든 애국심이라고 오해할 게 뻔했다.

우장춘이 침묵하자 콜드웰은 추궁하듯 재차 물었다.

"박사님의 애국심은 저들과 다르겠지요? 박사님께 애국이란, 한마디로 무엇입니까?"

어느덧 난동의 흔적이 깨끗이 사라졌다. 음악은 물결이 너울대는 듯한 스윙이었다. 웨이터들이 술과 음식이 놓인 쟁반을 들고 돌아다녔다. 양복과 칵테일드레스를 제대로 차려입은 사람들은 담소에 빠져 있었다. 눈부신 은박지처럼 파닥거리는 가벼운 분위기…….

우장춘은 눈을 질끈 감았다가 떴다.

"이런 시가 있습니다. 참외가 토마토가 되려한다면 그처럼 우스운 일이 있을까? 지금까지의 내 인생은 참외가 참외임을 받아들이고 참외답게 살려고 노력해온 과정이었습니다. 난 애국심이 참외가 참외임을 받아들이고 참외답게 사는 것, 그 이상도 이하도 아니라고 생각합니다."

말을 하다 보니 여섯 살 적 일이 선연히 떠올랐다.

1903년에 아버지는 암살당했다. 아버지 우범선은 애국자임을 자처했고, 아버지를 암살한 고영근도 자신을 애국자라고 했었다. 그땐 나라가 망하기 직전으로 사방에 애국자들이 넘쳐났는데, 그 애국자들은 각자 다른 길을 걸어갔다. 그렇지만 그들 모두 자신이 애국자임을 믿어 의심치 않았다.

2부

1903년 일본 구례

애국지사와 충신

우장춘은 여섯 살 때 목격한 아버지의 죽음을 기억하고 있었다. 나중에 어른들이 하는 얘기를 듣고 눈으로 봤다고 착각하는지, 실제로 그 광경을 목격하고 기억하는지는 확실치 않았으나 그의 머릿속엔 구레의 와쇼 동네, 겨울저녁 풍경이 선명하게 새겨져 있었다.

아버지 우범선은 1895년 을미사변에 연루되어 도쿄로 망명했다가 일본 여성 사카이 나카와 결혼하여 아들 우장춘을 얻은 뒤 구레 시로 가서 살았다.

8년이 흘렀다.

겨울 저녁, 우범선은 떠돌이 행색의 사내를 데리고 집으로 돌아왔다. 아내 사카이 나카는 놀랐다. 구레에 온 후 한국인 손님은 처음이었다. 목욕물을 데우고 술상을 차리면서도 자꾸 마음이 켕겼다.

"일단 여관을 정하시고 거기서 이야기를 들어보시는 게?"

우범선은 싱글벙글 웃으며 손을 내저었다.

"고영근 씨는 믿어도 돼. 한국에서 독립협회 회장까지 지낸 개화파거든. 나하고 같아. 목숨 바쳐 한국을 개혁하려다 쫓겨난 불우한 애국지사일세."

목욕을 하고 옷을 갈아입자 그의 행색이 조금 나아졌다. 그래도 사카이 나카의 눈엔 미심쩍기만 했다. 특히 눈동자를 이리저리 굴리며 흘깃거리는 품이 뭔가 감추고 동정을 살피는 것 같아 불안했다.

술상을 받자 고영근은 호기롭게 밥공기를 당겨 술을 가득 따랐다.

"이제야 살겠군요. 공기 좋고 물 좋고. 우 대장이 여기서 사는 까닭을 알겠습니다. 첫째, 해군조선소가 있다지만 번잡하질 않아 좋습니다."

차차 알게 된 것이지만 둘째가 없어도 첫째, 하고 내세우는 게 고영근의 입버릇이었다.

"잘 오셨소, 정말 잘 오셨소."

우범선은 마주 술잔을 들었다. 외로이 혼자 떨어져 지내다가 동지를 만나니 자꾸 웃음이 나왔다.

"한국은 어떻습니까? 이런 벽촌에 있다 보니 조국 사정에 어두운 게 젤 힘듭니다. 요즘 일본이 또다시 한국을 놓고 러시아와 한판 전쟁을 벌일 기세인데, 한국정부는 그런 위험을 알아채고 있는지 궁금합니다."

"요즘 조정엔 이완용이 러시아의 앞잡이가 되어 설친다고 합니다."

"그는 친미파가 아닙니까? 미국유학까지 다녀온……."

"요즘은 러시아에 붙었답니다."

우장춘은 장지문을 열고 들어서다가 흠칫했다. 아버지가 큰 소리로 즐겁게 웃는 것을 처음 보았다.

우범선은 손짓하여 아들을 가까이 불렀다.

"내 아들 장춘이오. 인사드려라. 한국에서 오신 고영근 씨란다."

우장춘은 꾸벅 절했다.

"호오. 남아답게 잘 생겼습니다."

고영근이 입꼬리를 잡아당겨 크게 미소 지었다. 그러나 눈 밑 근육은 굳은 채였다. 진심으로 웃는 게 아닐 것이다.

"여기 여성과 결혼하여 득남하셨다는 말은 들었습니다."

"그 동안은 늘 조상님께 면목이 없었습니다. 그러다 이 녀석을 얻게 되어 얼마나 기뻤는지요. 하늘이 내게 선물을 내리셨구나. 감격했습니다. 낳자마자 한국에 연통하여 우 씨 가문의

장자로 호적에 올리도록 했지요.

나에겐 더도 말고 두 가지 소원이 있었으니, 하나는 한국을 개혁하여 부국자강하는 일이요, 또 하나는 아들을 얻어 저승에 갔을 때 조상님을 떳떳이 뵙는 일입니다. 이 녀석으로 인해 한 가지 소원은 이루었다고 하겠습니다."

우범선은 수염을 쓰다듬으며 떨리는 목소리로 말했다.

"몇 살인가요?"

"여기 나이로는 여섯, 우리 나이론 일곱이지요."

"눈빛이 초롱초롱 하군요. 용감해 보입니다. 우 대장처럼 호걸이 되겠습니다."

고영근이 맞장구치며 계속 칭찬을 늘어놓았다.

아닌데…… 우장춘은 슬며시 고개를 들어 고영근을 살폈다.

눈빛이 총명해 뵌다는 말은 들었어도 용감해 뵌다는 말은 처음이었다. 여섯 살 우장춘은 마음이 여리고 눈물이 많아 무인 집안 아들답지 않다는 걱정까지 듣고 있었다.

고영근은 자기도 구레에서 살겠다고 했다. 우범선이 나서서 셋집을 구해주었다. 그의 집에서 얼마 떨어지지 않은 곳으로 노동자들에게 세놓으려고 급하게 지은 날림집 중 하나였다. 작고 허름했으나 그래도 갓 베어낸 목재로 지어 들어서면 화하니 삼나무 향기가 풍겼다.

또 먹고살 길이 막연하다면서 우범선에게 기댔다. 동네 유지 모리나가가 주고쿠신문 사장과 함께 아버지를 찾아왔다.

"고영근 씨를 한문 선생으로 추천하신 건 적절치 않은 듯합니다. 정말 믿을 수 있는 사람일까요? 다시 한 번 생각해보죠. 너무 믿는 건 아닐까요?"

"내가 가족을 몰살당하고도 용기를 잃지 않고 살아가는 건 내 나라에 대한 사랑때문이오. 그러면서 내 동포를 돌보지 않는다면 모순 아니겠소? 운명은 피할 수 없소. 진인사대천명(盡人事待天命)이라. 힘껏 노력은 하되, 나머지는 하늘에 맡길 뿐이오."

신문사 사장도 모리나가 편을 들며 말했다.

"나도 같은 생각입니다. 우리는 우 선생을 존경하며 아끼고 있습니다. 그러니 신변의 안전에 만전을 기해주시기 바랍니다."

모리나가가 머뭇대다 목소리를 낮추었다.

"제가 듣기로 고영근 씨는 자신이 말하는 것과는 다른 사람인 듯합니다. 그는 원래 민 씨 일가 대표 민영익의 하인이었답니다. 그런 출신인 만큼……."

"듣기 싫소. 일본 메이지유신은 신분제도를 철폐해서 국민국가가 되는 게 핵심이었소. 사무라이나 평민이나 평등한 국민이 되었기에 전 국민이 뭉쳐서 서구의 침략을 물리칠 수 있었던 게 아니오? 그런데도 아직 출생을 갖고 사람을 천하다 귀하다 나누다니. 고영근은 애국지사요."

우범선은 더 이상 말하지 못하게 막았다.

어른들이 하는 말을 들으면서 우장춘은 고개를 갸웃거렸다. 항상 사려 깊던 아버지가 이번만은 막무가내라고 느꼈다. 어린 그의 눈에도 고영근은 믿음직하질 않았다. 무엇보다 아버지에게 하소연하는 것처럼 그렇게 가난하지는 않아보였다.

고영근은 우장춘에게 은전을 준 적이 있었다. 구레의 번화가 혼도리에서였다. 늦은 밤 맥주홀 일영관 앞, 고영근은 술에 취해 키 크고 백발이며 비싼 양복을 입은 낯선 신사와 함께 서있었다. 취해 휘청거리던 고영근은 우장춘을 보자 화들짝 자세를 고쳤다. 옆의 신사가 걱정스레 잡아당겼으나, 고영근은 부러 다가와 손가락을 내밀었다.

"네가 밤에 여기 온 것도, 아저씨를 본 것도 서로 비밀이다."

밤늦도록 아이들과 어울려 번화가를 쏘다녔다고 꾸중을 들을 것 같아 우장춘도 얼른 고개를 끄덕였다. 고영근은 주머니를 뒤적이며 더욱 목소리를 낮췄다.

"은전 본 적 있니? 아저씨가 한 닢 주마."

새하얀 은전이 가스등 불빛을 받아 반짝거렸다. 놀라 선뜻 받지 못하고 물끄러미 들여다 보았다. 침이 꼴깍 넘어갔다. 은전이라면 눈깔사탕을 백 개도 살 수 있고 경단을 배가 터지도록 사먹을 수 있을 것이다.

"뭘 그렇게 골똘히 보냐? 이상한 애로구나. 뭐든 그렇게 살펴보냐? 옜다, 아버지껜 비밀로 하기다?"

고영근은 그의 손바닥을 펴고 은전을 놓아주었다. 부자인 모양이었다. 그러니 동네 유지들도 특별한 때나 마시는 비싼 맥주를 취하도록 마셨을 것이다.

"그만 가자니까."

옆의 신사가 팔을 잡아당겼다. 얼굴은 불그레하니 젊은데 머리는 하얀, 엇박자 인상이었다. 우장춘은 신기해서 뚫어져라 바라보았다. 그 신사가 가로등 그늘로 물러서며 귓속말을 했다. 고영근은 허리를 굽실거렸다.

"물론이죠. 소인의 가슴은 충성심으로 가득 차 있습니다."

신사는 우장춘을 살피면서 또 귓속말을 했다. 고영근이 가슴을 탕탕 치며 큰소리쳤다.

"걱정마시라니까. 한국으로 돌아갈 수만 있다면 무슨 짓이든 할 겁니다."

퍽이나 비장해 보였다.

다음 날 보니 소맷부리에 넣어둔 은전은 사라지고 없었다. 한바탕 꿈같았다. 우장춘은 그 일을 아무에게도 말하지 못했다.

섣달 하순이 되었다. 구레에선 대대적인 축제가 벌어졌다. 히로시마와 구레를 잇는 철도가 개통되었다. 아침부터 이웃집

소년이 달려와 소식을 전했다. 구경 가자고 꾀었다. 동네아이들 모두가 들떠 있었다.

"앞으론 기차를 말이 끌지 않고 증기기관이 끈대."

우장춘은 귀가 번쩍했다.

"증기기관? 뭔데? 말보다 힘이 세?"

"어마어마한 거야. 말 백 마리가 붙어도 못 이겨."

"그럼 앞으로 말들은 어디서 뭘 하고 사냐?"

우장춘은 걱정도 되고 신기하기도 했다. 다른 소년이 등을 탁 쳤다.

"그깟 말 걱정은 나중이야. 어서 가보자. 개통식에는 도쿄에서 이토 백작도 온대."

아이들은 함성을 지르며 달려갔다.

이토 히로부미는 청일전쟁의 영웅이었다. 게다가 일본을 근대화시킨 메이지유신의 주역이기도 했다. 일본인들은 메이지지사들을 최고의 영웅으로 숭배했다. 지방이 군 단위로 국경처럼 분열되어 있던 일본은 메이지유신으로 하나의 나라로 통합되어 서양의 침략에 독립을 지킬 수 있었던 것이다.

역 광장에는 만국기가 펄럭이고 있었다. 국화꽃으로 빽빽이 장식한 단상엔 도쿄에서 온 높은 분들이 가득 앉아있었다. 군악대의 붕붕거리는 음악 소리가 얼을 쏙 빼놓았다. 광장은 인파로 발 디딜 틈도 없었다. 아이들은 마구 헤집고 돌아다녔다.

사람들은 감격에 차서 자진해서 만세를 불렀다.

"대일본제국만세."

"메이지천황만세."

함성은 되풀이 되며 울려 퍼졌다. 발밑까지 뒤흔들렸다.

"이제는 시베리아 출병이닷!"

사람들은 흥분해서 러시아에 선전포고해야 한다며 당장 전쟁터로 뛰어갈 기세로 설치고 있었다.

"러시아는 만만한 상대가 아냐. 땅이 얼마나 큰데? 유럽에서 아시아까지 걸친 강대국이라고. 그리고 전쟁은 나빠. 전쟁 나면 우리 같은 서민은 죽도록 고생하거나 죽기 십상이잖아."

누군가 이성적인 목소리를 냈다.

"비국민 같은 소린 집어치워."

사람들은 우 몰려 둘러싸고 윽박질렀다.

"비국민은 이 땅에서 나가버렷."

맞아죽는 게 아닌가 싶을 정도였다.

우장춘은 비국민이라는 단어와 험악한 기세에 깜짝 놀랐다.

"우리 뒤엔 영국이 있어. 영국과 힘을 합해 러시아를 물리치자."

"황인종 대표 일본은 아시아의 주인이야."

사람들은 점점 더 기세를 올렸고 딴죽을 걸던 사람은 꼬리를 말고 도망치는 개처럼 뒷걸음질 쳐 사라졌다.

햇살이 비스듬히 기울었다. 배가 꼬르륵거렸다.

"아차, 큰일 났다."

하루 종일 집을 나와 있었다는 걸 뒤늦게 자각했다.

엄마가 동생을 가져서 몸이 불편하니 집에서 심부름을 해드리라고, 아버지는 일렀었다. 집으로 뛰어갔다. 숨을 몰아쉬며 살며시 현관문을 열었다. 어머니는 풍로에 불을 붙이다 고개를 돌렸다. 눈길이 마주쳤다. 우장춘은 우뚝 멈춰 서서 멋쩍은 웃음을 흘렸다. 어머니가 살짝 눈을 흘겼다.

"배고파요."

"그래. 가서 아버지를 모셔오너라."

"어딜 가셨는데요?"

"고영근 아저씨가 이사한 집에 가보신댔다. 어두워졌는데도 안 돌아오시네."

평소 어머니답지 않게 서두르는 기색이었다. 어쩐지 안절부절 못하는 것 같기도 했다. 우장춘은 고개를 갸웃거리며 그대로 돌아서서 나섰다.

날은 어둑했다. 점점 까맣게 변해가는 파란 하늘 끝엔 형광빛 자주색 띠가 좁다랗게 남았다. 등불은 아직 켜지지 않아 군청색 하늘을 인 지붕들이 검게 도드라졌다. 별도 벌써 한두 개 나와 있었다.

"지로오야, 밥 먹어라."

"스에꼬 어딨니?"

집집마다 아이들 불러들이는 소리가 밤하늘에 메아리쳤다. 얼굴을 할퀴는 매운바람 속엔 숯 타는 냄새와 밥 짓는 냄새가 뒤섞여 있었다. 맹렬하게 배가 꼬르륵거렸다.

고영근의 집은 어두웠다. 문을 두드려도 응답이 없었다.

"딴 데 나가셨나? 분명 오늘 이사랬는데."

현관문을 밀치며 소리 내어 아저씨, 하고 불렀다. 내다보는 이가 없었다. 현관바닥엔 게다와 구두가 각각 한 켤레씩 있었다. 용기를 내어 다시 부르려는데 목소리가 갈라지면서 떨렸다. 잠시 기다렸다 무릎을 마루에 대고 올라가 방문을 밀었다. 갓 바른 창호지가 팽팽하게 떨리면서 호로롱 울었다. 섬뜩했다. 방안엔 진한 어둠이 괴어 있었다. 몇 번이나 눈을 비볐다.

서서히 방안 풍경이 떠올라왔다. 한가운데 술상이 나동그라져 있고 더욱 캄캄한 도코노마 쪽으로 아버지가 쓰러져있었다.

비명을 지르며 내달렸다. 보이지도 들리지도 않았다. 불쑥 눈앞에 어머니가 나타나자 그대로 기절하고 말았다.

고영근은 우범선을 죽인 뒤 미친 듯 거리를 뛰어다녔다.

"충신 고영근은 역적을 처단했다!"

음성은 골목골목 울리면서 밤하늘까지 뒤흔들었다. 산발을 하고 피투성이 옷을 허리춤까지 늘어뜨리고 피 묻은 도끼를 들고 뛰어다니는 미치광이 같은 꼴에 사람들은 집 안에 숨어서 벌벌 떨었다. 순사가 말을 타고 나타나 잡아갈 때까지 고함 소리는 그치지 않았다.

"나는 한국의 충신이다. 어서 나를 잡아다 한국으로 보내라!"

그렇게 밤거리를 뛰어다니는 고영근의 모습은 그 후 오랫동안 우장춘의 눈에 어른거렸다. 눈만 감으면 되살아났고 고함 소리도 들리는 듯 했다.

"큰일 났다, 큰일 났다. 아저씨가 미쳐서 아버지를 죽여 버렸다."

우장춘은 자다가도 벌떡 일어나 부들부들 떨며 흐느끼곤 했다. 소리 내어 엉엉 울면 가슴이 시원해질 것 같은데 이상하게 소리가 나오지 않았다. 뭔가가 목구멍을 콱 틀어막고 있어 꺽꺽 거릴 뿐이었다. 그럴 때면 큰 이모가 가만가만 등을 쓰다듬어 주었다.

"괜찮다, 괜찮다. 다 괜찮으니까 마음 푹 놓고 다시 자려무나."

감히 눈을 감지 못했다. 감기만 하면 점점 퍼지는 피 웅덩이와 산산조각 난 아버지의 머리통을 배경으로 산발을 한 고영근이 미친 사람처럼 도끼를 휘두르며 달려드는 거였다.

"역적이 뭐예요?"

우장춘이 궁금해 했다.

"쉿!"

큰 이모가 엄한 표정으로 집게손가락을 입술에 댔다.

"그만 떠들고 자라. 이러다 또 엄마 깨신다. 엄마는 동생을 가져서 몸이 불편하니까 푹 주무셔야 해… 그런 건… 음, 나중에 크면 다 알게 될 거다."

시간이 흐르자 어른들은 그 장면이 우장춘이 꿈을 꾸었거나 어른들 말을 듣고 상상한 거라고 했다. 사건이 일어난 건 맞지만 바로 파출소에 신고, 고영근은 체포되어 히로시마로 압송되었다고 했다.

민들레꽃

장례식이 끝났다. 우장춘네는 당장 먹고사는 게 문제였다. 아버지는 재산이라곤 남기지 않았다. 살던 집도 셋집이었다. 그동안 물심양면으로 도와주던 사람들의 발길이 끊어졌다. 찾아오는 사람은 큰 이모 뿐이었다. 큰 이모는 집이 멀고 바쁘다고 투덜대면서도 매일 들러 병석에 누운 어머니를 돌봐주었다.

우장춘은 헛구역질하는 버릇이 생겼다. 음식을 잘 먹지 못했다. 붉은색을 띤, 특히 팥죽 같은 건 보기만 해도 구역질이 났다. 때로는 뱃속이 비어 노랗고 쓴 위액이 나올 때까지 토하기도 했다. 보다 못해 이모는 의사에게 데려갔고 위약증이라는 진단을 받았다.

더디게 겨울이 갔다. 봄이 올 무렵 우장춘 네는 큰 이모가 사는 동네로 이사 갔다.

싸늘하고 맑게 갠 아침이었다. 아침밥을 다 먹기도 전에 말이 끄는 수레가 왔다. 이삿짐은 별로 없었다. 고리짝과 이불보퉁이, 부엌살림이 든 궤짝 하나가 전부였다. 유리 갓이라 깨어지기 쉬운 남포등은 어머니가 손에 들었다. 짐을 싣는 동안 말 엉덩이에선 똥이 뚝뚝 떨어졌고 말똥에서 하얀 김이 무럭무럭 피어올랐다.

끼익 끽, 수레가 움직이자 어머니는 이웃을 한 집씩 돌며 인사했다. 그러고는 부른 배를 내민 자세로 천천히 걸어갔다. 눈엔 눈물이 흐르고 있었다. 그게 보기 싫어 우장춘은 두리번거리며 딴전을 피웠다.

새로 난 신작로는 겨우내 얼다 녹다 하며 바퀴며 게다 자국이 깊숙이 팬 채 굳어있었다. 길섶 흙이 쌓인 얕은 둔덕에는 벌써 풀들이 돋아나는 중이었다. 그 중 민들레는 성큼 자라 노란 꽃까지 피우고 있었다.

"여기 봐요. 꽃이 폈어요."

우장춘은 호들갑스럽게 꽃을 가리키며 어머니의 치맛자락을 잡아당겼다. 민들레는 수레바퀴에 깔렸었던지, 줄기가 비스듬히 기울었으나 그래도 힘차게 자라나 노란 꽃을 피우고 있었다.

"정말! 꽃이 폈네. 봄이 오는 줄도 몰랐네."

어머니는 걸음을 멈추고 감탄했다. 얼결에 눈에 댄 손수건도

치운 채였다.

“민들레꽃은 정말 대단하구나. 이렇게 짓밟혀서도 또 일어나 꽃을 피우다니!”

어머니는 거듭 탄성을 지르며 한참을 들여다보았다.

“그만 가요. 수레가 사라졌어요. 아저씨가 엉뚱한 집으로 가시면 어떡해요?”

“아저씨는 새집을 아셔. 그보다 장춘아, 이 꽃을 봐. 놀랍지 않니?…… 그렇지, 앞으로 우리도 이 꽃처럼, 아무리 짓밟혀도 또 일어서서 꽃피우는 민들레처럼 살아가자…… 앞으로 엄마는 절대 울지 않을 거야. 너도 민들레처럼 꿋꿋하게 살아야 한다.”

어머니는 다짐하듯 주먹을 꽉 부르쥐며 힘차게 말했다. 우장춘은 어머니가 눈물을 그친 게 기뻐 무조건 고개를 끄덕였다. 심지어 손가락을 내밀며 맹세하겠다고 약속까지 했다.

새집에서 어머니는 낮엔 우장춘을 큰 이모네에 맡기고 행상을 다녔다. 약방을 하니까 거기 가 있다보면 위약증도 나을 거라고 했다.

그 집은 불편하고 번잡했다. 약 만드는 일꾼이며 약종상(돌아다니며 약을 파는 행상)들로 북적거렸다. 게다가 시어머니 후지노 노마님이 있었다. 엄격하고 불같은 성격이어서 다들 무서워했다. 그녀는 눈을 부릅뜨고 집 안 곳곳을 살피고 다녔다.

“사지가 멀쩡하면서도 빈둥거리는 건 밥벌레야, 밥벌레. 밥벌레는 쫄쫄 굶겨야 돼."

우장춘이 그늘에서 맥없이 앉아있을라치면 노마님은 어느새 나타나 지청구를 했다.

"애답지 않게 뭘 그렇게 골똘히 보고 있냐?"

점심때였다. 각자 밥상을 받아먹고 있었다. 노마님이 또 혀를 찼다.

"애가 애답지 않아서, 원. 밥을 푹푹 떠먹지 왜 깨작거리냐?"

모두가 듣도록 큰소리였다. 우장춘은 주눅 들어 눈치를 살폈다. 노마님은 짜증으로 벌겋게 단 얼굴로 노려보고 있었다. 시선을 떨구었다. 침묵이 길어졌다. 서걱거리는 방 공기가 살갗을 쿡쿡 찔렀다. 해명해야 할 것 같았다.

"자꾸만 구역질이 나서 토하니까 잘 먹을 수가 없는데……."

우장춘은 입안엣 말처럼 작게 중얼거렸다.

"구역질이 나?"

노마님이 벌컥 화를 냈다.

"어디서 배부른 타령이야? 남의 나라에서 얻어먹고 있으면 고마운 줄 알아야지. 미개한 조센징들은 하나 같이 게으르고 불평만 한다니깐… 아니, 또 질질 짜? 누가 뭐랬다고 또 눈물바람이냐?"

숨을 크게 들이켰으나 눈물이 그치질 않았다.

"울려고 한 게 아닌데… 마님이 하도 무섭게 하시니까 나도 모르게 눈물이 난 건데."

제대로 잘 설명하려고 했다. 노마님은 더욱 길길이 뛰었다.

"사내애가 아무 일에나 질질 짜고, 아무 데서나 우두망찰 해찰하고. 어른 말엔 꼬박꼬박 말대답하고… 저러니 사람 구실이나 할는지……."

낮에 이모네 집에 가지 않으려고 어머니에게 자세한 사정을 말했다.

"…아무래도 난 이상한 앤가 봐요."

설명을 하다보니 어깨가 더 축 늘어져 중얼거렸다.

"왜 이상하다고 생각해?"

"사촌형은 할머니가 뭐라고 해도 웃고 도망치고 마는데 나는 안돼요. 어른이 물으시면 대답을 해야 한다니까 난 대답한 건데, 불평이 많다고 화내시고… 노엽게 해드리려던 게 아닌데, 그냥 설명한 건데… 아무래도 내가 이상한가 봐요."

어머니는 빙그레 웃었다.

"그래? 엄마라면 형보다 네가 더 마음에 들겠는데? 어른이 말하면 웃고 도망치는 형보다 성의가 있잖니. 신경 쓸 거 없다. 마님은 옛날 분이라 그러신 거야. 어디 보자, 우리 아들. 얼마나 컸나……."

어머니는 그의 머리를 쓰다듬으며 중얼거렸다.

"어쩌면 넌 아버지 같은 군인이 아니라 학자가 될 모양이다.

어린데도 그처럼 사리가 분명한 걸 보면… 관찰하기 좋아하고 이치를 꼼꼼히 따지는 네 천성을 잘 간직하면서 기다려보자, 너는 너대로 쓰일 데가 있을 테니… 정 힘들면 이모네 가있지 않아도 된다. 하지만 엄마는 돈 벌러 나가야 하는데, 낮에 혼자 있을 수 있겠니?"

"그럼요."

그는 한시름 놓여 열렬하게 대답했다.

러일전쟁이 시작되었다.

동네 아이들도 골목에서 전쟁놀이를 하며 놀았다. 러시아군과 황군, 즉 일본군으로 편을 갈라 싸웠다. 막판에 가면 당연히 일본군이 이기는 것으로 정해져있었으나, 때로 러시아군이 거세게 몰아붙이기도 했다. 문간에 서서 구경하노라면 침이 꼴딱꼴딱 넘어갈 정도로 재미있었다.

하루는 얼굴이 둥글고 눈빛이 순한 켄이란 아이가 우장춘에게 말을 붙였다. 자기편에 들어오라고 했다. 러시아군이었다. 밀리고 있었으나 우장춘이 들어가자 전세가 바뀌었다. 우장춘은 위약증을 앓아 얼굴이 노랗고 허약했으나 키는 누구보다도 컸던 것이다. 점차 일본군의 전열이 흐트러졌고 러시아군은 기세를 올려 상대를 골목 끝 수레 뒤까지 밀어붙였다.

"잠깐, 잠깐,"

수레 뒤에서 큰 아이가 나섰다. 골목대장 타로오였다. 인력거집 아들로 발이 빠르기로 유명했다. 어른 인력거꾼과 겨뤄도 이긴다고들 했다. 타로오는 정색을 하고 일본군은 이기게 돼 있다고 선언했다.

"그러니까 우리를 밀면 안 돼. 우리는 일본군이니까 우리를 지게하면 비국민이야."

비국민! 아이들은 주눅이 들어서 서로를 힐끔거렸다.

"하지만 얘가 덩치가 커서 어쩔 수 없어."

한 아이가 우장춘을 가리켰다. 타로오가 우장춘에게 다가와 쓱 훑어보았다. 우장춘은 지지 않으려고 가슴을 쫙 폈다. 타로오는 몸집이 크고 힘세 보였지만, 키는 자기가 더 클 듯 했다.

"몇 살이야? 누가 얠 끼워줬어?"

켄이 주춤주춤 대꾸했다.

"오늘 히로시가 동생 봐야한다고 못 나왔잖아. 우리 편이 한 사람 적으니깐 불공평해. 얜 저번부터 골목에 서있었어."

"나도 얘 알아. 후지노 약방 친척이래."

"아냐. 가난한 식객이래."

"친척 맞아. 울 엄마가 그랬어."

"관둬라, 관둬."

입씨름이 벌어지자 타로오가 팔을 휘저어 말렸다.

"그딴 게 뭐가 중요해? 몇 살이야? 이름 뭐야?"

"일곱 살. 우장춘."

"초오슌? 되게 이상하네. 이런 이름 들어본 사람? 너, 일본사람 아니지?"

"어떻게 금방 알았냐?"

"우리 아버지가 통장이고 민방대장이야. 되게 높은 거다. 민방대장은 이 동네에서 누가 국민이고 비국민인지 다 알아. 넌 비국민 주제에 신고도 안 하고 끼어들다니, 건방지구나. 지금이 어떤 시국인데? 전시란 말야. 우리하고 놀려면 정식으로 신고하고 들어와라. 그러면 받아주겠다."

타로오는 어른처럼 유창하게 말했다. 시국이니 비국민이니 하는 어려운 말도 거침없었다. 비국민이라는 말이 이 나라에 빌붙어 사는 꼽사리라는 뜻으로 알고 있는 우장춘으로는 당황스러웠다. 다른 아이들 눈치를 살펴보았다. 모두가 타로오의 말에 공감인 듯 했다.

"어떻게 신고하면 되는데?"

타로오는 잠시 뜸을 들인 뒤 제안했다. 용감하다는 걸 보이라고 했다. 전찻길 저편에 서 있다가 전차가 오면 뛰어 건너라는 거였다.

"미리 뛰면 무효야. 전차 오기 직전에 내가 요이땅할 테니까 그때 뛰어."

"언제 요이땅 할 건데?"

"그건 내 맘이야. 내가 알아서 해."

자꾸만 겁이 났다. 아무래도 전차에 치일 것 같았다.

"전차가 코앞에 온 담에 요이땅하면 어떡해?"

"그래도 뛰어. 그래야 용감한지 어떤지 알 수 있잖아."

"그러다 치어죽으면?"

타로오는 멈칫했으나 물러서지 않았다.

우장춘이 머뭇거리자 빙글빙글 웃으며 놀리기 시작했다.

"얘, 되게 겁쟁이다. 전차에 치어죽을까 봐 무섭대."

아이들도 따라 놀리기 시작했다. 결기가 치솟았다.

"누가 못한댔어?"

"겁나서 망설이는 거잖아."

"하면 될 거 아냐."

큰소리치면서도 몰래 떨었다. 물러설 수 없었다.

함성을 지르며 중심가인 혼도리로 몰려갔다. 맥주홀 일영관 앞에 전차 정거장이 있었다. 아이들은 버드나무 가로수 아래 모여 이마를 맞댔다. 정거장이 가까우면 차장의 눈에 띌 것이다. 또 정거장 부근에 오면 전차가 속도를 줄이니까 갓난아기도 건널 수 있다고 했다. 그들은 혼도리를 휩쓸고 오르내리며 적당한 곳을 물색했다. 커브를 도는 지점으로 정해졌다. 맞은편 빨간 우체통 옆에서 타로오가 신호를 보내면 뛰기로 했다.

"여기서 보니까 되게 멀다. 치어죽을지도 몰라. 지금이라도 못한다고 해. 타로오도 알고 보면 착한 애야."

켄이 옆에서 말렸다. 우장춘은 묵묵히 게다를 벗어 켄에게 맡기고 옷자락을 걷어 허리춤에 끼웠다. 드러난 정강이를 바람이 살랑살랑 간질였다. 등골이 서늘했다. 떨지 않으려고 이를 악물었다.

땡땡땡, 종소리와 함께 전차가 모습을 드러냈다. 전차 앞 유리창에 반사된 햇살이 눈을 찔렀다. 저편에 서있는 타로오의 모습이 아득했다. 팔이 내려졌다. 무작정 뛰었다.

가까이에서 본 전차는 어마어마한 괴물이었다. 엄청난 덩치로 깔아뭉갤 듯 달려들었다. 머릿속이 새하얘졌다. 끼익, 전차 바퀴의 마찰음과 비명 소리가 뒤섞여 귀청을 찢었다. 사람들이 웅성대며 그를 둘러쌌다. 눈앞이 캄캄했다.

금단추의 제복을 입은 차장이 우장춘의 목덜미를 잡아 마구 흔들기 시작했다.

"전차의 운행을 훼방 놓다니. 전차를 막는 게 얼마나 중대한 반국가적 범죈지 몰라?"

자기도 모르는 새 오줌을 지린 모양이었다. 아랫도리가 축축한 데다 덜미까지 잡힌 우장춘은 어기적어기적 끌려갔다. 아이들이 멀찍이서 슬금슬금 따라오다가 차장이 뒤돌아서 호통치자 뺑소니쳤다. 차장은 그를 파출소로 데려갔다.

책상 앞에서 장부정리를 하던 순사가 벌떡 일어섰다. 옆구리에 찬 칼이 쟁강거렸다. 차장은 우장춘을 구석의 걸상에다 던지고는 자초지종을 설명했다. 순사가 엄숙하게 물었다.

"왜 그랬나?"

우장춘은 떨림을 감추며 의젓하게 대답하려고 기를 썼다.

"일부러 그런 게 아녜요. 타로오가 용감한 지 증명하라고… 그냥 시합한 건데……."

순사가 인상을 쓰며 콧수염을 잡아 비틀었다.

"시합? 어떤 시국인데 한가하게 장난이나 친단 말야. 그것도 국가 기간산업을 상대로? 거기에 군인이라도 타고 있었더라면 어쩔 뻔했나? 역적질이 됐을 거다……. 큰일 날 애로군. 부형 이름을 대라. 부형을 불러다 다시는 안 그러겠다는 서약을 받아야겠다."

"엄마는 시장에 가셨는데……."

"여자는 안 돼. 부형이 책임져야지. 아버지나 형이 오셔야 돼."

"아버지는 죽었는데……."

울컥 눈물이 솟구쳤다. 순사가 멈칫하더니 말투를 누그러뜨렸다.

"아무리 그래도 널 보증서줄 어른은 있을 거 아니냐? 밖에선 군인들이 목숨 바쳐 싸우고 있는데, 안에선 이런 장난질이나 치다니! 일벌백계로 엄중히 다스려야 하지만 아동이고 하니 어른이 오시면 훈방토록 하겠다. 아니면 감방에 들어가 징역살이를 할래? 너, 징역살이 알지?"

놀라 괴었던 눈물이 주르르 흘러내렸다. 부들부들 떨기 시작했다. 부형이면 어른 남자가 와야 할 것이다. 이모네 지배인? 고개를 저었다. 노마님이 떠올랐던 것이다. 알게 되면 정수리가 천장에 닿도록 펄펄 뛸 것이다. 조센징이 그럼 그렇지, 하고.

한참을 고민하다 모리나가를 떠올렸다. 아버지가 살아계실 땐 자주 찾아왔고 선물도 사다줬었다. 아버지가 죽자 신응원이란 절에 커다란 비석도 세워줬었다. 부탁하면 와줄 것 같았다.

어스름이 깔릴 즈음, 모리나가가 파출소에 나타났다. 딱딱한 표정으로 보아 성난 것 같았다. 그에겐 눈길도 주지 않고 지나쳐서 순사 앞으로 가더니 정중히 허리를 굽혔다. 순사가 아버지의 친한 친구니까 보증인이 되어줄 거라고 했다고 설명했다.

"친한 친구라… 글쎄요."

모리나가가 얼굴을 일그러뜨렸다.

"아득한 옛날 일 같군요. 하긴 불과 얼마 전인데… 요즘은 1년이 과거 10년처럼 느껴질 정도로 빠르게 변하네요. 한때 한국이란 나라가 우리 일본과 친구가 될 만하다고 생각해 어깨동무해서 아시아의 주인이 되자고 결의하던 시절도 있었지요.

그런데 까놓고 보니 한국도 중국 못잖게 한심한 종이호랑이였습니다. 얘 아버지는 한국에서 온 애국지사로, 그런 시절 우리와 뜻을 함께 했더랬습니다. 그러니 이젠 아무 사이도 아닌 셈이지요."

알아들을 수가 없었다. 우장춘은 잔뜩 긴장해서 혹시 보증인이 돼줄 수 없다는 말이 나오지 않나 귀를 쫑긋거렸다.

순사는 고개를 끄덕였다.

"열등한 민족을 친구 삼으면 우리가 피해를 입죠. 열등한 민족은 친구가 아니라 맡아서 지도 감독을 해야 합니다. 아무튼 선생께서 보증하신다면 훈방하겠습니다."

모리나가가 문득 잠깬 표정이 되었다.

"지나친 처사 아닙니까? 애들 장난에 보증이니 훈방이니……."

갑자기 순사가 정색하며 발뒤꿈치를 탁 소리 나도록 붙였다.

"지금 일러전쟁 중이라는 사실을 잊었습니까? 황송하옵게도 천황폐하께선 전시엔 전방도 후방도 따로 없다고 하셨습니다. 전차운행을 훼방 놓았습니다."

천황이라는 말이 나오자 모리나가도 얼른 자세를 고치고 경례를 붙였다.

"알겠습니다. 제가 이 소년을 보증하는 것으로 하겠습니다."

모리나가는 도장을 찍은 다음, 그에게 다가와 일어나라고 했다.

“가자, 얘야. 딱 한 번이다. 네 아버지를 생각해 도와주는 것이니, 앞으론 혼자 힘으로 세상을 헤쳐 나가야 할 게다. 말과 행동을 십분 조심해라.”

엄했고 거리감도 느껴졌다. 그는 풀이 죽어 고개를 푹 수그리고 따라나섰다.

벌써 밤이었다. 사람들이 바쁜 걸음으로 집으로 돌아가고 있었다. 음식점들이 늘어선 거리를 지났다. 포렴 사이로 불빛이 새어나왔다. 국수집에선 가다랑어 국물 냄새, 그 옆 어묵 튀기는 좌판에선 고소한 기름 냄새가 진동했다. 꼬르륵 소리가 났다. 모리나가는 우동을 사줄 테니 먹고 들어가라고 했다. 우장춘은 고개를 저었다. 아버지 친구가 아니라면 우동 한 그릇도 신세질 순 없었다.

“고지식하기는. 네 어머닌 요즘 행상을 다니신다며? 집에 가봐야 저녁밥을 차려줄 사람도 없을 거 아니냐?”

우장춘은 여전히 고개를 젓다가 불쑥 물었다.

“아저씨는 왜 아버지의 친구가 아니게 되었나요?”

“어려운 질문이구나… 정세가 달라졌거든… 봉건왕국을 국민국가로 바꾸지 못한 나라는 망할 수밖에 없지. 개혁을 서둘렀던 네 아버지를 생각하면 나도 안타깝구나. 허나 사사로운 인정으로 큰일을 생각할 순 없는 법. 이제 한국은 일본과 대등

하질 못해… 나머진 네가 크면 차차 알게 될 거다. 잘 가거라."

모리나가는 횡설수설 말을 늘어놓으며 우장춘의 손을 꽉 잡더니, 옷자락에서 휙 소리 나도록 돌아서서 가버렸다.

얼떨떨해서 한참을 그대로 있었다. 어쩌면 그게 모리나가 같은 이로선 아버지에게 작별 인사를 한 셈이라는 생각이 든 건 어른이 된 다음이었다.

모리나가는 사람을 보내 어머니에게 사건을 알렸다.

"대단한 일이랄 건 없지만, 그래도 아이를 양육하는 입장이니 아셔야겠기에……."

어머니는 깜짝 놀랐다. 그러나 기절하거나 울지 않았다. 그것만으로도 한시름 놓였다. 어머니는 민들레처럼 꿋꿋이 살자는 약속을 지키고 있는 것이다. 그걸 의식하자 뱃속엔 묵직한 바위 같은 것이 무게중심으로 자리 잡는 듯 했다.

어머니는 자초지종을 물었다. 숨김없이 말했다.

"용기를 보여주려고 했단 말이지?"

그래도 벌을 서야한다, 남에게 폐를 끼쳤으니 반성하라고 했다.

저녁 내내 우장춘은 방구석에서 무거운 보퉁이를 들고 서있었다. 팔이 빠지는 것 같았다. 하루도 지나지 않아 온 동네에 소문이 났다. 차장이 인력거집에 일러바친 것이다. 타로오는 아버지에게 멜대로 엄청 맞았다고 했다. 사람들은 위험한 장난을 쳤다고 수군거렸다. 동네에서 우장춘과 타로오는 말썽꾸러기로 찍혔다. 아이들은 번화가에 나가놀지 못하도록 잡도리를 당했다.

골목에서 타로오와 마주쳤다. 그가 대뜸 물었다.

"네 아버진 한국인인데, 도끼에 맞아죽었다면서?"

눈앞에 피 웅덩이가 확 떠올랐다.

"그게 왜?"

"열등민족은 다 그런다며? 자기네끼리 싸우고 죽이고. 너희도 들었지? 울 아버지가 그러는데 조센징은 열등민족이라 자기 나라도 못 지킨대. 그래서 우리가 대신 러시아하고 싸워주는 거래. 그런데 은혜도 모르고."

"열등민족 아냐. 알지도 못하면서."

"다 알아. 넌 센진노꼬야. 열등민족이라 돈이 없어서 남의 집에서 얻어먹고 엄마는 행상을 다니잖아."

"아냐, 돈 있어."

"있는데 왜 후지노 댁 신세를 지냐? 센진노꼬는 거짓말쟁이야. 빨랑 너네 나라로 가버려. 왜 남의 나라에서 신세지냐. 거지, 거짓말쟁이."

"거지 아니라니까. 센진노꼬라고 하지 마."

우장춘은 성내며 반박했다. 눈물이 질금질금 삐져나왔다.

아이들은 신이 났다.

"야, 센진노꼬가 운다."

"센진노꼬는 걸음도 달라. 열등민족은 이렇게 걷는다? 센진노꼬 엄마가 시장갈 때 걷는 거 봤냐? 배불뚝이 개구리처럼 배를 쑥 내밀고 뒤뚱뒤뚱. 내가 해볼 게, 봐. 우습지?"

타로오가 아이들 앞으로 쑥 나서서 배를 내밀고 걷기 시작했다. 와그르르 웃음이 터졌다. 머릿속이 하얘졌다. 몸무게를 실어 타로오에게 덤벼들었다. 멱살을 잡아 흔들면서 함께 엎어졌다. 나동그라진 채 주먹질을 퍼부었다. 흙바닥에서 엎치락뒤치락 뒹굴었다. 결판이 나지 않았다. 우장춘은 눈을 꼭감고 무조건 주먹을 휘둘렀다. 갑자기 콧날이 시큰하더니 뜨듯한 피가 흘렀다.

"순사 온다."

아이들이 우 달아났다.

우장춘은 혼자 남았다. 땅바닥에 주저앉은 채 주변을 둘러보았다. 아무도 없었다. 또 울음이 터졌다. 한없이 흐느꼈다.

밤, 현관문 두드리는 소리가 났다. 문을 여니 인력거집 아줌마가 서있었다. 엄청나게 큰 몸집으로 입구를 가로막고 소리를 지르기 시작했다.

"대체 이집은 자식을 어떻게 가르치는 거에요?"

어머니는 현관 마루에 꿇어앉아 일단 들어오시라고 권했다.

"일없어요. 용건만 말하죠. 이집 아들을 이대로 동네에 둬도 괜찮을까요? 위험한 사고를 쳐서 파출소에 잡혀가질 않나, 남의 집 아들을 피투성이가 되도록 두들겨 패지를 않나. 이런 불량소년이 동네에 있으면 어디 마음 놓고 자식을 키울 수가 있겠어요?"

아줌마는 핏대를 세우며 불량소년이란 말에 힘주어 떠들었다.

동네사람들이 하나둘 모여들었다. 우장춘은 방으로 도망쳐 이불을 뒤집어썼다. 숨을 죽인 채 빼꼼이 밖의 동정을 살폈다.

"무슨 일인지……."

"시치미 떼지 마요. 이집 아들이 우리 타로오를 얼마나 때렸는지 피투성이가 돼서 집에 왔지 뭐예요. 타로오 아버지는 무척 엄하셔서 이 사실을 알면 또 얼마나 타로오를 혼내실지 몰라요. 대체 어떡할 거예요?"

"애들끼리 싸운 모양이군요."

"애들 싸움도 어느 정도죠. 피투성이가 되도록 때리는 법이 어디 있어요? 타로오는 상처투성이인 데다 얼굴이 퉁퉁 부어서 눈도 못 뜰 지경이라고요."

"죄송합니다. 제가 장사를 한다고 밖으로 돌다보니 제대로 감독하지 못했군요. 다, 제 잘못입니다. 죄송합니다."

어머니는 몇 번이고 머리를 조아렸다. 우장춘은 울컥했다. 이불을 제치고 현관으로 갔다.

"울 엄마 잘못이 아녜요. 타로오가 센진노꼬라고 놀리면서 울 엄마 흉내를 냈기 때문에……."

어머니가 우장춘의 등자락을 잡아 뒤로 제쳐놓았다.

"죄송합니다. 제 잘못입니다."

"죄송하다면 단가요? 듣자하니 이 집은 아버지도 없고 비국민이라던데. 그렇다면 남의 나라에 신세를 지는 거잖아요. 그런 주제에 이렇게 말썽을 피우고 다녀도 되는 건가요? 비국민이라면서 너무 건방지지 않아요?"

비국민! 뒤에 그림자처럼 둘러선 동네사람들 사이로 비국민이래, 한국사람이래, 라는 속삭임이 퍼져갔다. 문득 철도개통식 때 꼬리를 만 개처럼 도망치던 사람이 떠올랐다. 우장춘은 벌어지려는 자기 입을 주먹으로 꽉 눌렀다.

"어떻게 사과드려야 할지. 잘 타일러서 앞으로는 이런 일이 없도록 하겠습니다."

어머니는 거듭 머리를 숙였다.

우장춘은 분통이 터졌으나 잠자코 있을 수밖에 없었다.

아줌마는 한참 퍼붓고도 분이 풀리지 않았는지 씩씩거리며 돌아갔다. 현관문이 닫혔다. 정적이 찾아왔다. 우장춘은 무릎에 코를 박고 꼼짝도 하지 못했다. 자꾸 눈물이 났다. 울면 안 되는데. 그래도 어쩔 수 없는데. 나도 모르게 눈물이 나는데. 주먹을 부르쥐고 눈을 비볐다. 주먹이 축축해졌다.

어머니의 발길이 코앞에서 멈췄다.

"똑바로 앉으렴."

움직일 수 없었다. 감히 어머니 얼굴을 볼 용기가 안 났다. 미안했다. 땅으로 꺼져버리고 싶었다.

"바로 앉아보라니까."

어머니의 목소리가 낮게 떨렸다. 우나 싶어 얼른 고개를 쳐들고 살폈다. 표정은 딱딱하게 굳었으나 눈이 마른 채였다.

"우니?"

오히려 어머니가 물었다. 그는 콧물 눈물을 후르륵 삼켰다.

"절대 안 울려고 했는데… 내가 먼저 싸움을 건 게 아닌데. 나만 때리지 않았는데. 나도 코피가 나고 멍이 들었는데… 가만히 있는데 타로오가 자꾸 센진노꼬라고 놀려서……."

더듬더듬 설명하다보니 설움이 북받쳐서 엉엉 울었다. 어머니가 가만가만 눈물을 닦아주었다.

"센진노꼬라고 놀려서 약이 올랐단 말이지? 하지만 틀린 말은 아니잖니? 네 아버지는 한국인이니 아들인 너도 당연히 한국인이지. 그렇지? 맞는 말을 하는데 화를 내는 건 네 잘못이야. 너는 한국인의 아들이라는 게 부끄러우냐? 아버지는 한국인인 걸 자랑스러워하셨는데?"

"그런 게 아니고… 자꾸 놀리니까 참을 수 없어서……."

어머니는 길게 한숨을 내쉬었다.

"울지 않겠다고 엄마하고 약속했잖니. 울음을 그쳐라. 넌 한국인의 아들이야. 앞으로는 누가 센진노꼬라고 하거든 맞아, 나는 한국인의 아들이야, 하고 가슴을 펴고 당당하게 대꾸해주렴. 그렇게 할 수 있지?"

우장춘은 대답하지 못했다.

"왜 대답하지 않니?"

"아무리 생각해봐도… 그럴 수 있을지… 모르겠어요… 어쩌면 차차로, 나중에 그럴 수 있을까요?"

어머니가 한숨 쉬었다.

"그렇구나. 네 말이 맞다. 단숨에 되지는 않겠지. 그러니까 처음엔 있는 힘을 다해 가슴을 펴렴. 한 번, 두 번 하다보면 점점 쉬워지겠지."

문득 어머니는 고리짝을 뒤져 돌돌 싼 헝겊뭉치를 꺼냈다. 흠칫 놀랐다. 아버지의 시곗줄이었다. 시계는 없고 줄만 있었다. 어머니는 만지작거리다 가만가만 그의 손바닥에 올려놓았다.

"이걸 간직하렴. 아버지는 대장부였단다. 그러니 너도 아버지처럼 대장부가 되어야 한다. 엄마하고 약속할 수 있지?"

낮고 담담했으나 금방 눈물이 터질 듯 목소리가 축축했다. 우장춘은 놀라 얼른 고개를 끄덕였다. 성급하게 앞으로는 대장부답게 살겠다는 약속도 잇대었다. 그러나 아이들과의 싸움을 아주 그만두지는 못했다. 센진노꼬라는 놀림에 의연하기도 어려웠다. 괴롭힘은 점점 심해졌다. 어머니의 배가 더 불러왔다. 아이들 말대로 배가 빵 터지는 게 아닐까 가슴이 조마조마했다.

여름이 왔다. 집집마다 대문에는 잉어 모양의 깃발이 내걸렸다. 단옷날에 남자아이의 무병장수를 비는 풍속이었다. 어머니는 유난히 예쁘게 색칠된 깃발을 사다 걸었고, 함께 창포탕에 갔다. 집으로 돌아오는데 이르게 다가온 여름 햇살이 유난히 눈부셔서 신작로가 하얗게 빛났다. 길은 끝없이 이어지는 듯 했다.

대청소를 했다.

"손님이 오셔요?"

어머니는 걸레질을 멈추고 현기증이 이는 모양인지 이마를 짚었다.

"도쿄에서 아라이 스님이란 분이 오실 거야."

"저도 아는 분인가요?"

"태어났을 때 뵌 적은 있지… 너, 아라이 스님을 따라 도쿄로 가거라. 스님은 희운사란 절에서 소년들을 맡아 돌봐주시는데… 앞으로 거기서 지내게 될 거다."

깜짝 놀랐다. 잘못 들었는가 싶었다. 어머니는 시선을 내리깔고 말을 이었다.

"도저히 형편이 안돼서 무슨 수든 내야 한단다. 이대로는 살 방도가 없구나. 곧 동생도 태어날 테니 행상도 다닐 수가 없고… 돈이 한 푼도 없어. 그래서 아라이 스님께 편지를 드렸더니 남쪽 지방에 오시는 길에 들리신다고. 너를 도쿄에 데려가 돌봐주시겠대. 스님은 좋은 분이란다. 거기 가있으면 엄마가 돈 벌어서 찾으러 갈게."

온갖 생각이 바쁘게 오갔다. 싸운다고 누가 일러바쳤을까? 그래도 울지 않았으니 괜찮지 않나? 밥을 많이 먹는다고 노마님이 불평했을까? 그래서 멀리 보내버리라고 했을까?

"안돼요. 엄마. 난 안 가요. 왜 나를 스님께 보내려고 해요? 내가 아이들과 싸워서 그래요? 밥을 많이 먹는다고 이모네서 오지 말래요? 앞으로는 절대 안 그럴 게요. 아이들이 놀려도 꾹 참고요, 이젠 울지 않아요. 밥도 아주 조금만 먹고요, 심부름도 열심히 할게요. 그러면 괜찮죠? 난 엄마하고 살 거예요."

눈물이 줄줄 흘렀으나 얼른 훔쳤다. 어머니의 눈가도 붉게 물들었다.

"그게 아냐. 너하고 같이 살 길이 없어서… 스님을 따라 도쿄에 가. 울지말고… 아니라니까. 네가 잘못해서 그러는 게 아냐… 엄마를 도와주는 셈치고 도쿄에 가있으면 동생 낳고 돈 모아서 데리러 갈게. 그때까지만 참으렴."

다음 날 우장춘은 어머니와 함께 아라이 스님을 맞이하러 역으로 갔다.

화창하고 더웠던 전날과 달리 음산하니 흐렸고 가끔 빗방울도 툭툭 떨어졌다. 기차가 내뿜는 증기는 허공으로 날아오르지 못하고 옆으로 길게 누워 기차를 따라다녔다. 검댕이 섞인 증기가 플랫폼 가득 떠돌고 있었다.

희운사

아라이 스님은 중 같지 않았다. 뚱뚱하고 피부가 분홍빛인데다 누가 말하면 빙글빙글 웃으며 가만히 듣기만 했다. 그러다 뒤늦게 자기 이마를 철썩 치면서 '그래, 그렇지' 하고 한 박자 늦게 감탄하곤 했다. 마음씨 좋고 낙천적인 것 같았으나 마음이 놓이지 않았다. 말수가 적은 데다 말을 할 땐 상대방 눈을 뚫어져라 들여다보는 게 속마음까지 샅샅이 꿰뚫어보는 듯했기 때문이다.

스님과 함께 도쿄에 도착하기까지 여러 날 걸렸다. 도중에 볼일이 있다면서 여기저기 기차를 내려 머물렀고, 도쿄행 기차로 갈아타려고 나고야에서도 하룻밤 잤던 것이다.

밤이면 스님이 아는 집에서 신세를 졌는데, 매번 음침하고 낡은 저택들이었다. 가는 곳마다 긴 칼을 찬 남자들이 득시글거렸다. 가문 문양이 든 정식 무사복을 입었거나, 칼은 안 찼어도 무서운 문신을 새겼거나, 칼자국투성이인 상반신을 드러냈거나, 음침한 눈매를 한 사람들이라 보기만 해도 오싹했다. 그들은 한결같이 비분강개 단언했다.

"우리도 진출해서 싸워야 합니다. 만주의 흑룡강이 일본의 국경이 돼야 합니다."

당장 전쟁터로 몰려갈 듯 흥분한, 그러면서도 비밀스런 냄새가 넘실거렸다.

도쿄 신바시 역에서 기차를 내렸을 때 스님은 우장춘에게 주의를 주었다.

"도쿄에는 네 아버지 우범선을 기억하는 분이 많이 계신다. 앞으로 그분들을 뵐 기회가 생길 거다. 그분들이 실망하시지 않도록 성실해야 한다. 우리는 네가 우리의 기대에 부응하는 한, 네 뒤를 봐주기로 했단다. 다시 말하지만 어디까지나 우리의 기대에 부응하는 한, 말이다."

스님은 계약서에 도장이라도 찍듯 말마디마다 힘을 주었다. 우장춘은 얼떨떨한 채로 고개를 끄덕끄덕 했다.

해질 무렵 희운사에 도착했다. 어떤 부인이 나왔다.

"바로 이 아이입니까? 남쪽에서 데려올 거라던?"

"그래, 그렇지. 인사드려라. 마님(주지의 부인)이시다."

우장춘은 공손하게 허리를 굽혔다. 부인이 이름을 물었다.

"한국이름을 안 쓰는 게 낫잖을까요? 외국인인 게 알려지면 번거로운 일이 생길지 모르고……."

스님은 마루에 앉아 발을 씻으며 대꾸했다.

"괜찮지 않을까, 어차피 곧 한국은 일본에 합쳐질 텐데…음, 자세한 건 차차 연구하기로 하지… 어쩐다? 그렇지. 테츠오를 불러주게."

하녀가 어떤 소년을 불러왔다. 마당을 쓸다가 온 듯, 자기 키만큼이나 큰 싸리 빗자루를 옆구리에 끼고 있었다. 스님이 수건으로 발을 닦으며 일렀다.

"이번에 새로 온 우장춘이다. 함께 지내게 됐으니 데리고 가서 잘 돌봐줘라."

여름이었으나 해가 지자 서늘해졌다. 목덜미가 선득선득했다.

테츠오는 키는 작아도 재빠르고 다부져보였다. 둥근 얼굴에 턱이 뾰족했고 처진 눈매에 풍상을 겪은 어른처럼 입가에는 깊은 주름이 나있었다. 마음씨가 어떨지 궁금해서 자꾸만 살피게 되었다. 테츠오가 씩 웃으며 빗자루로 그의 옆구리를 쿡쿡 찔렀다.

"신참, 날 따라와. 오늘부터 내 부하야. 말 잘 들어야 돼."

어리둥절해서 대답도 못한 채 뒤따랐다.

소년들이 우글거리고 있었다. 별채에서 단체생활을 한다고 했다. 정식 고아원은 아니고 부탁하는 대로 맡다보니 숫자가 불어났다는 것이다.

“마님 말씀으론 전쟁이 터져 이렇게 됐다는 거야. 남자가 전쟁터에 나가 소식이 끊어지면, 뒤에 남은 가족들은 먹고살 길이 없어 뿔뿔이 흩어지게 마련이거든. 그래서 고아가 아닌데도 와 있는 애들도 많아.”

대체로 우장춘 또래인 듯 했고, 그 중 체격이 크고 십 오륙 세쯤 된 소년이 대장처럼 이끌고 있었다.

“저 형은 조금 있으면 군대에 들어가서 만주로 갈 거래. 러시아군을 무찔러 장교가 된댔어. 형들은 무서우니까 말을 잘 듣는 게 좋아.”

테츠오가 일일이 설명해주었다.

대장소년이 소년들을 목욕탕으로 몰아넣은 다음, 손발 목뒤 등을 잘 씻었는지 검사하고 다녔다.

손 종소리가 났다.

“와, 저녁밥이다.”

소년들이 환성을 지르며 낭하를 뛰어갔다. 밀치고 야단법석이었다. 대장소년이 한 줄로 얌전하게 걸으라고 잔소리했으나 듣지 않았다.

부엌과 연결된 큰방에 커다란 밥상이 펼쳐졌다. 방은 무척

켰다. 다다미가 수십 장도 더 깔렸을 것 같았다. 심지가 굵은 남포등이 대들보에 매달려 있었는데, 그래도 사방 구석은 어두컴컴했다. 그을음을 내며 타는 남포등 연기와 불공 때 켰던 향 내음이 뒤섞여 이상한 냄새가 났다. 누렇게 변색된 벽지와 장지문, 검게 그을린 기둥과 들보… 음침하기 짝이 없었다.

우장춘의 배에선 연신 꼴꼴거리는 시냇물 소리가 났다. 도쿄까지 오는 내내 마음이 들썽거려 배고픈 줄도 몰랐었다. 입안이 모래를 문 것처럼 서걱서걱해서, 기차에서 스님이 먹으라고 준 주먹밥을 한 개도 해치우지 못했을 정도였다. 이제는 창자를 비틀어 짜는 것처럼 배가 고팠다.

하녀가 커다란 나무밥통을 들여놓자 대장소년이 앉은 다리 사이에 끼고서 한 공기씩 밥을 퍼주었다.

“전승축하 특식이 나올지도 모른다더니…… 오늘도 순 감자야.”

실망스런 속삭임이 번졌다. 우장춘도 자기 밥공기를 들여다보았다. 쌀은 거의 보이지 않고 고약한 냄새 나는 감자조각만 가득했다.

“누구야? 불평하는 사람?”

말상인 하녀가 봉당에서 허리를 짚고 서서 꽥 소리쳤다. 투덜거림이 뚝 그쳤다. 소년들은 주눅들어 힐끔거리며 젓가락을 들었다.

"마님은 불평하는 사람이 있거든 밥그릇을 빼앗아 버리라고 하셨어. 시내 나가봐. 굶어죽은 사람들 천지야. 전시에 먹는 것만도 감사해야지."

우장춘은 얼른 첫술을 떠 넣었다. 뜨겁고 큰 감자조각이 목에 탁 걸렸다. 캑캑거리자 테츠오가 된장국 그릇을 밀어주었다. 국물을 더해 억지로 삼켰다. 벌건 석탄이 지나가는 듯 목구멍이 화끈했다. 밥이 좀 들어가자 점차 썩은 내가 진하게 의식되고 퍽퍽해서 먹는 게 고됐다. 감자는 썩기 직전인 듯 냄새가 아주 고약했다. 어쨌든 꾸역꾸역 두 공기를 먹었다. 그래도 배는 덜 찼다. 테츠오가 밥상 밑에서 그의 무릎을 찔렀다.

"그만 먹어."

"아직 배가 고픈데?"

"형들 먹어야 돼. 참아. 안 그러면 형들이 널 잡아먹을 걸."

"거짓말?"

"정말이야. 저 형 봐. 무섭게 생겼지? 저 형은 배가 고프면 애들이라도 잡아먹어야지 배고픈 건 못 참는데. 저 형이 살던 산골에선 옛날부터 그랬대. 거긴 눈이 몇 미터씩 오거든. 흉년든 겨울엔 먹을 건 없지, 눈 때문에 꼼짝 못하지, 그럼 꼬마들부터 차례차례 잡아먹으면서 겨울을 난다는 거야. 겁나지? 참아. 안 그럼 저 형이 널 잡아먹을지도 몰라."

밥통을 끼고 앉은 소년은 짙은 눈썹 밑의 부리부리한 눈알을 굴리며 감시하면서 먹고 있었다. 목이 두툼하고 손이 큼직했다. 걸리면 뼈도 못 추릴 듯 했다.

문득 잠이 쏟아졌다. 낭하를 걸어가면서도 꾸벅꾸벅 졸았다. 소년들은 큰 방에 모기장을 친 다음 이부자리를 깔고 잘 준비를 했다.

"거기 구석에 꼬마! 새로 왔지? 누구야? 신고도 없이 슬그머니 잘 셈이냐?"

저쪽에서 소리쳤다. 우장춘은 가물가물 감기는 눈을 비볐다. 누가 그의 다리를 툭툭 걷어찼다.

"대답해. 고아야? 그래서 여기 왔어?"

귓전에서 소리가 웅웅 울렸다.

아버지가 죽었으면 고아인가? 잠시 고민됐다.

"몇 살인데 말도 못하고 우물쭈물이냐? 벙어리야?"

"벙어리 아냐. 맞는 대답을 하려고 생각 좀 한 건데."

"생각? 되게 웃기는 놈이다."

와그르르 웃음이 터졌다. 어리둥절했다. 우스운 말을 한 것 같지 않은데 몇몇 소년들은 데굴데굴 구르면서 웃고 있었다.

"군기가 빠졌다. 내일 기합을 넣자."

테츠오가 얼른 나섰다. 바쁜 스님을 따라 구레에서 오느라 정신을 못 차렸다고 변명해주었다.

"그래, 그렇지, 우리 스님은 정치 땜에 바쁘셔."

소년들은 이마를 철썩철썩 치며 스님 흉내를 내면서 다시 배꼽을 잡았다.

"되게 힘들었겠다. 그런데 구레는 어디 붙어있는 동네냐?"

"도쿄처럼 자동차가 있냐?"

"남쪽지방이면 쌀이 많이 날테니 쌀밥을 먹겠다?"

"명절에만 먹어."

"그럼 거기도 평소엔 썩은 감자를 먹나? 여긴 전쟁 나고선 순 감자뿐이다."

"무밥이나 고구마를 먹어. 고구마는 맛이 굉장히 달다. 꿀보다 달아."

우장춘이 대꾸하자 소년들은 입맛을 쩝쩝 다셨다.

"그래, 나도 들었어. 고구마는 되게 달다고 하더라."

"암만 그래도 촌구석이니까 서양인을 본 적은 없겠지?"

우장춘은 졸음과 싸우며 구레 자랑을 했다.

"한 번은 영국 해군대장도 왔었어. 구레엔 조선소가 있거든. 거기서 커다란 군함을 만들면 해군이 타고 나가서 싸우는 거야. 새로 군함을 만들면 바다에 띄우는 진수식을 해. 배와 부두 사이에 길게 만국기랑 색종이로 띠를 잇고 비둘기와 풍선을 날리고 군악대가 연주하고. 어마어마한 잔치야."

"거짓말. 일본에서 제일 큰 도쿄에 없는 게 그런 촌에 있을 리 없지."

"남쪽 섬엔 야만인이 산대. 원숭이하고 섞여서 사람인지 원숭인지 분간도 안 된대."

"섬사람들은 원숭이하고 같이 먹고 같이 놀고 원숭이를 껴안고 잔다더라."

"구레, 섬 아냐. 군항이야."

우장춘이 항변했다. 소년들은 또다시 와그르르 웃었다.

"넌 테츠오가 좋겠다. 꼭 원숭이처럼 생겼잖아? 서로 껴안고 자면 되겠다?"

테츠오는 성난 기색이라곤 없이 따라 웃고 있었다.

소년들은 하나둘 잠이 들었다. 테츠오가 모기장 안으로 들어와 자기 옆에 누우라고 했으나 우장춘은 앵돌아져 몸을 도사렸다. 붙어 잤다간 놀림을 당할 것 같았다.

잠이 쏟아졌다. 그대로 고꾸라져 잠들고 말았다. 자는 동안에도 배에선 줄곧 꼴꼴거리는 시냇물 소리가 났고, 여전히 기차를 타고 있는 양 덜컹덜컹 몸이 울렸다.

테츠오는 눈치가 빨랐다.

"난 사무라이(무사)의 아들이야. 아버진 만주에서 전사했대. 그 뒤 엄마가 새 아버지랑 결혼해서 여기서 사는 거야. 네 아버지도 군인이야? 전사했어?"

"응? 전사는 아니고 암살당했어."

우장춘은 아는 만큼 설명했다. 테츠오는 동정적인 기색으로 들었다.

"난 크면 아버지처럼 군인이 될 건데. 만주벌판을 호령하는 장군. 너도 군인이 될 거지?"

"난… 군인이 못될 거야. 사람들이 그러는데 내가 겁이 많대. 크면 증기기관을 만들고 싶어. 기차나 배를 움직이는."

마님과 하녀는 테츠오를 귀여워했고, 형들도 마찬가지였다. 절 살림에 데면데면한 스님조차 심부름을 시킬 때는 꼭 테츠오를 부르곤 했다.

시간은 느릿느릿 흘러갔다.

낮이면 소년들은 당번을 정해 일했다. 밭일, 청소, 빨래, 물 긷고, 장작을 모아 목욕물을 데우고, 청지기와 하녀의 심부름을 했다. 그 중 밭일이 가장 고되었다. 감자를 캔 다음, 캐고 난 밭을 일구어 가을에 먹을 무나 배추를 심었다. 게으름을 피울 수 없었다. 쨍쨍 내리쬐는 뙤약볕을 받으며 허리를 굽힌 채 밭을 매다 보면 눈앞이 노래지면서 핑핑 돌았다. 허리를 펴면 이번에는 앞이 캄캄해졌다. 갑자기 세상이 없어진 듯 했다. 허기져서 땀이 비 오듯 흘렀다.

도심에서 자라 농사일에 서툰 데다 몸이 허약한 우장춘은 밭일 당번이 되면 쩔쩔 맸다. 밭일보다는 청소가 좀 쉬웠다. 무엇보다 지붕 밑 그늘이라서 좋았다. 희운사에는 용도를 알

수 없는 오래되고 컴컴한 방들이 많이 있었다. 한 달에 두어 번 열리는 큰 법회 때나 썼지만, 그래도 매일 청소하고 통풍을 시켜야 했다. 방방이 문을 활짝 열고 샅샅이 먼지를 턴 다음 바닥을 쓸고 닦았다. 물걸레를 꼭 짜서 윤이 나도록 반질반질 닦아야 했다.

"너처럼 하면 백 시간이 걸려도 다 못할 거야. 날 봐. 나처럼 하면 빨라."

테츠오가 잔소리했다. 요령이 있다는 것이다. 복도 마룻바닥 군데군데에다 물을 뿌린 다음 엉덩이를 쳐들고 두 손으로 걸레를 밀면서 뛰어가는 시범을 보였다.

"힘껏 뛰어. 그럼 빨리 끝나. 재미도 있고. 어른들은 아무 것도 몰라. 마루에 물기 자국이 있으면 닦았다고 생각하거든."

다다미가 깔린 방도 같은 요령이라고 했다. 짚으로 엮인 가운데는 쓸기만 하고 헝겊으로 마무리한 테두리를 물기가 묻도록 대충 걸레질하라고 했다.

"이러면 반나절도 안 걸려서 끝나."

"안 돼. 하녀는 속아 넘어갈지 몰라도 스님은 눈치 채실 거야."

분홍빛 덴구처럼 생긴 스님이 떠올랐다. 마음속까지 꿰뚫어보는 까만 두 눈을 속일 수 없을 것 같았다.

"모른다니까. 스님은 절에서 무슨 일 벌어지든 신경 안 쓰서. 정치 때문에 바쁘시거든."

"그게 뭔데?"

"현양사에 참석하는 거 있어. 용감한 군인들이 모인 단첸데, 만주를 차지하고 아시아를 정복하는 게 목표래. 그 단첸 일본이 아시아의 주인이 될 때까지는 눈코 뜰 새 없이 바쁘대."

불현듯 도쿄에 오는 길에 들렀던 오래된 저택들과 거기 모인 남자들이 떠올랐다. 음침한 집 안에 떠도는 숨 막힐 듯 비밀스럽던 공기… 고개를 저었다.

"거짓말하는 건 나빠."

"어차피 아무도 모른다니까. 그리고 거짓말 아냐. 살짝이라도 닮은 건 닮은 거잖아. 혼자 잘난 척하지 마. 같이 당번하는데 네가 그러면 내가 힘들어지잖아. 신참 주제에 내 말 듣는 게 좋아."

우장춘이 고집스럽게 고개를 젓자 테츠오는 골이 나서 가버렸다.

하녀가 흔드는 바람이 잠을 깼다.

"스님이 부르신다. 어서 일어나."

한밤중이었다. 시키는 대로 욕실로 가 얼굴에 물을 찍어 발랐다. 하녀는 뒤에 지켜 서서 귓바퀴까지 잘 씻으라고 잔소리하더니 옷차림을 바로잡아 주었다. 옷자락에 묻은 흙탕물 자국도 걸레로 문질러 지워주었다. 큰일이 생긴 모양이었다.

“얌전하게 행동해라. 물으시면 우물거리지 말고 똑똑하게 대답하고. 혹시 손님이 과자를 먹으라고 권하셔도 덥석 집으면 안 돼. 두 번은 사양하는 거다.”

“손님이오?”

완전히 잠이 깼다.

“널 만나보시겠대. 귀하신 분들이니 공손하게 행동해라.”

하녀가 등을 두드리며 거듭 주의를 주었다.

방문엔 스님말고도 두 사람의 그림자가 더 비쳐있었다. 기척을 내자 스님이 들어와 인사를 드리라고 일렀다. 절을 하면서 살펴보았다. 한 사람은 고급스런 일본 옷을 입었고, 또 한 사람은 칼날처럼 깃을 빳빳하게 세운 와이셔츠에 양복차림이었다. 조끼주머니에는 금시계 줄이 늘어져 있었다. 아버지도 저렇게 양복을 입고 시곗줄을 늘어뜨렸는데 우장춘은 자기도 모르게 고개를 들고 뚫어져라 쳐다보았다. 일본 옷을 입은 남자가 다정하게 눈길을 맞추며 물었다.

“알아보겠니? 내가 스나가 하지메란다.”

표정이 부드럽고 인자했다.

“얼마나 됐죠?”

양복남자는 무뚝뚝하게 물었다. 스님이 손가락을 꼽으며 대답했다.

“데려온 게 이토 백작이 한국에 을사조약을 맺으러 갈 무렵이니… 2년 됐군요.”

“철이 들었겠구나. 공부는 어떠냐? 학교는 다니고 있지?”

“절 형편이 여의치 못해서… 아쉬운 대로 저희들끼리 배우게 하고 있습니다.”

“그래도 우범선의 아들을 방치하다니…….”

스나가가 아쉬운 눈치로 양복남자에게 눈길을 던졌으나 그는 대꾸 없이 수염만 만지작거렸다.

화제는 점차 알아듣기 어려운 정치문제로 흘러갔다.

“…우린 일본을 위해 분투할 뿐인데, 정부는 우리를 탄압하려든단 말이죠.”

“탄압하는 척 해야죠. 일본정부가 국제사회에 대한 체면 때문에 못하는 걸 우리가 국익을 위해 대신해줘야 하고, 그런 궂은일은 언제나 비밀이죠… 한국이 을사조약에 서명하도록 만들 때도 우리 낭인들이 나서서 위협하고 분위기를 조성해야 했었죠. 그전 을미사변도 마찬가지. 우리가 왕비를 죽이지 못했더라면 한국을 러시아의 손아귀에서 빼내기 어려웠을 겁니다. 그런데 일본 정부가 나섰다간 국제적으로 큰 문제가 될 테니 결국 우리 낭인들이 해치운 거죠. 그게 정치입니다.”

“참, 미우라 님께 묻고 싶었던 게. 그때 대원군이나 우범선은 우리의 왕비 암살 계획을 눈치 채지 못했던가요?”

"알았더라도 개의치 않았을 겁니다. 우범선은 한국을 국민국가로 만들어야 한다고 마음이 급했으니까요. 한시바삐 한국을 국민이 주인인 나라로 바꿔야 외세를 물리칠 수 있는 게 그의 입버릇이었습니다."

"그렇지! 왕조국가는 충군애국(忠君愛國)이지만 국민국가는 충군을 떼어내야 올바른 애국이 된다!"

그로선 알아들을 수 없는 내용이어서 다리가 저리고 졸렸다. 어서 돌아가 잤으면 싶다가도 아버지 이름이 나오면 귀가 쫑긋 서곤 했다.

이윽고 정적이 찾아왔다.

"별로… 아버질 닮은 것 같진 않군요."

양복을 입은 미우라가 상품을 품평하듯 한마디 툭 던졌다.

"허약해 보이는 게 아무래도 무인 기상은 아닌 듯합니다."

"내년에 겨우 열 살입니다. 사내아이란 크면서 세 번 변한다고 했으니 지켜보십시다."

스님이 반질거리는 이마를 쓰다듬으며 좋도록 말했다.

하얼빈에서 안중근의사가 을사조약의 원흉 이토 히로부미를 사살했다.

일본사람들은 충격을 받고 슬픔에 빠졌다.

소년들은 한국사람인 우장춘을 원망하기 시작했다. 그동안

절 조금씩 사이가 벌어지던 테츠오와는 그걸 계기로 아주 적이 되고 말았다.

"한국은 일본의 부하가 되기로 약속했잖아? 부하니까 복종해야지. 그런데 한국인들은 못됐어. 항복한다고 해놓고 뒤에서 공격하고. 한국인은 절대 믿으면 안 돼. 항복하고서도 의병이니 독립운동이니 해서 일본 뒤통수를 친다니까."

그렇잖아도 영웅이 암살당했다고 분격한 소년들은 테츠오의 주장에 적극 동조했다.

"우장춘 같은 앤 나중에 간첩이 될 거야. 열등국민은 어쩔 수 없어. 친하면 손해야."

점차 소년들은 우장춘을 따돌리고 괴롭히게 되었다.

일본은 군부가 정권을 차지하면서 전시체제로 돌입했다. 거국일치라는 표어가 내걸리고 분위기가 꽁꽁 얼어붙었다. 외국인들을 경계하는 건 물론이고, 같은 일본인 사이에서 조금이라도 정부를 비판했다간 비국민이니 매국노니 하며 돌팔매질을 당할 정도였다. 전쟁준비로 서민들의 생활은 더욱 궁핍해졌고 인심도 각박해졌다. 거리에 나가보면 사람들 얼굴은 모두 딱딱하게 굳어 조금만 건드려도 곧 싸울 기색들이었다. 순사들 허리춤에서 칼 쟁강거리는 소리만 거리를 가득 메웠다. 사람들은 모두 새파랗게 날이 서있었다.

소년들도 마찬가지였다. 테츠오는 우장춘의 내력을 알고 있었다. 처음 절에 왔을 때 솔직하게 털어놓았던 것이다. 테츠오는 그걸 과장해 떠벌리면서 우장춘은 믿지 못할 센진노꼬인 데다 범죄자의 자식이니 왕따시켜야 한다고 했다.

"네 아버지는 범죄자라면서? 그런데도 애국지사라고 잘난 척한대."

짝이 되어 법당마루를 닦는데 쇼하치가 물었다. 어두컴컴한 법당엔 부처님 말고는 없는데도 귓속말이었다.

"아냐. 애국지사야."

우장춘이 펄쩍 뛰었다.

"범죄자라던데? 그래서 도끼에 맞아죽었다며?"

"테츠오를 믿어?"

"꼭 믿는 건 아니지만… 한국인은 거짓말을 잘하고 자기네끼리도 편 갈라서 싸우고 배신을 밥 먹듯이 한다던데……."

"거짓말이야."

"테츠오는 자긴 사무라이의 아들이라 거짓말을 못한대. 근데 넌 한국인이잖아. 한국인은 일본이 감독하지 않으면 당파싸움이나 하는 열등국민이라서 조심해야 된대."

온순한 쇼하치까지 그러는 데는 어쩔 수가 없었다.

갈수록 고달파졌다. 군국주의 열풍은 절의 별채까지 불어왔다. 소년들의 생활도 군대식이 되었다.

겨울 아침엔 해가 느지막이 뜨는데도 5시면 일어나 뜰에 집

합했다. 사루마다(팬티)만 입은 채 구령에 맞춰 맨손체조와 건포마찰을 한 다음 노역을 했다. 썩은 감자를 넣은 밥도 그나마 양이 줄었다. 배고프다는 소리라도 했다간 기강이 해이하다며 단체기합을 받았다.

따뜻한 남쪽지방에서 자란 우장춘은 도쿄의 추위가 유난히 매섭게 느껴졌다. 따뜻한 구례 생각이 간절했다. 구례에선 서리나 눈이 내려도 곧 녹았고, 얼음이 어는 적도 드물었다. 그런데 도쿄에선 한번 눈이 내렸다 하면 며칠씩 얼어붙어 있었다. 밤이면 싸락눈이 내리다가 허공에서 얼어버려, 함석지붕에 얼음알갱이 떨어지는 소리가 후드득 울려 잠을 깨기도 했다.

전시체제가 고조될수록 소년들은 단결을 외쳤고, 일본인이 아닌 우장춘은 더욱 왕따가 되었다. 당연한 듯 센진노꼬로 불렸다. 모두 하기 싫어하는 일은 그에게로 떨어졌다. 날이 추워지자 물 긷기며 빨래, 화장실 물청소는 그의 차지가 되었다. 손에선 물이 마를 새가 없었다. 젖은 손발은 동상에 걸려 빨갛게 부풀었다가 갈라지면서 피가 났고, 버선을 신지 못한 발뒤꿈치는 쩍쩍 갈라졌다. 신발 끈엔 늘 피가 배어있었다.

"네가 한국인만 아니라면 문제없을 건데……."

둘만 있을 땐 여전히 동정적인 쇼하치가 그에게 귓속말을 했다. 이제 남의 눈을 피해서라도 말을 걸어주는 건 그뿐이었다.

"가만 생각해봤는데, 너하고 테츠오, 한판 붙으면 어때?"

"싸워?"

"정식으로 대결하는 거야. 너는 말랐지만 테츠오보다 크니까 이길 수 있을 걸."

"일없이 싸우는 건 대장부가 아니랬어."

"한국 대장부하고 일본 사무라이하고 붙으면 그것도 볼만할 텐데……. 대장부라고 참고 있으면 테츠오가 더 괴롭힐 거야. 일본 무사도 알아? 나를 못살게 구는 적이 있으면 때려눕혀서 항복을 받는다! 너도 그렇게 해. 일단 항복하면 테츠오는 더 이상 괴롭히지 못할 거야. 맨날 당하고 살 순 없잖아? 억울하지도 않아? 네가 참으면 참을수록 테츠오는 점점 더 널 깔보고 괴롭힐 걸."

고민해 보았다. 테츠오와 싸우면 이길 것이다. 때려눕혀 항복을 받는다? 생각만으로도 달콤했다. 그럼 테츠오는 입을 다물 테고 더는 소년들을 선동하고 다니지 못할 것이다.

망설이는 기색이자 옆에서 쇼하치가 자꾸 부추겼다.

"네가 참고 지낸다고 치자. 그럼 테츠오는 더 무시하고 깔볼 거라고. 우습게 보는 이상 계속 괴롭히게 돼 있어. 남자는 자기를 이긴 상대에겐 꼼짝도 못하고, 자기보다 약한 상대는 무시하게 마련이야. 그게 무사도야. 네가 참는다고 알아줄 거 같아? 아니지. 네가 강하다는 걸 보여줘야 끝나. 항복받는 게 해결책이야. 안 그러면 갠 어디까지나 널 괴롭힐 거야. 때려눕혀

봐. 그럼 걔는 너한테 무지 잘할 거야. 어쩌면 부하가 되겠다고 네 앞에서 설설 길 지도 몰라."

구레에서 아이들과 싸워 어머니를 곤혹스럽게 만들었던 일이 떠올랐다. 어머니와의 약속을 깰 수는 없었다. 내가 약속을 지켜야 어머니도 데리러 온다는 약속을 지킬 것이다.

따돌림과 구박이 심해질수록 절 뒷마당에서 혼자 지내는 시간이 많아졌다. 묘지가 있는 절 뒷마당은 기일에 참배 오는 신도들 말고는 인적이 드물어 혼자 있기 좋았다. 우장춘은 누렇게 시든 황매화 덤불을 등지고 앉아 처연히 스미다 강을 내려다보곤 했다.

'왜 난 일본인이 아니고 한국인일까?'

증기선이 오가는 잔잔한 스미다 강은 해군조선소가 있는 구레 앞바다처럼 평화로웠다. 증기기관을 만들어 배를 띄우는 상상을 해보았다. 군인이 되지는 않을 것이다. 증기기관을 만드는 사람이 될 것이다. 그러려면 학교를 다녀야 한다. 어머니는 언제 오려나? 돈을 모으면 온다고 했는데. 여태 감감 무소식인 걸 보니 무슨 일이 생긴 게 아닐까? 테츠오 엄마처럼 결혼해서 나를 잊어버렸을까? 애가 탔다.

스나가가 인력거를 보내 우장춘을 우에노 공원으로 불렀다. 겨울이 끝날 즈음이었다.

"고생스럽지 않니? 공부는 좀 하느냐?"

뻔한 질문을 연달아 퍼부었다. 우장춘은 말없이 고개만 저었다.

"도쿄에선 겨울에 솜옷을 입어야 하는데… 작년에 내가 보내준 책은 다 뗐느냐? 필요한 게 있거든 말해라."

"괜찮습니다."

우장춘은 어른스럽게 말을 잘랐다. 어서 어머니의 소식을 듣고 싶었다. 스나가가 눈을 가늘게 뜨고 찬찬히 살폈다.

"내 앞에선 사양할 필요 없다… 이젠 다 컸구나. 곧 어머니가 널 데리러 오실 것이다."

스나가가 똑똑히 말했다. 깜짝 놀라 올려다보았다.

"정말요? 곧요?"

스나가는 측은한 표정을 지었다.

"네 동생은 이제 4살이려나… 일전에 미우라 씨를 찾아갔단다. 네 문제를 한바탕 따졌지. 미우라 씨도 크게 반성하여 네가 장학금이라도 받게끔 손쓰겠다고 했다. 그래서 네 어머니에게 편지를 냈단다. 학교에 보내려면 서둘러 데려가야 한다… 일간 좋은 소식이 있을 게다.

얘야, 그렇게 슬픈 얼굴 하지 말거라. 낙심은 금물이란다. 네 아버지가 얼마나 너를 귀애하셨는지, 얼마나 자랑스러워하셨는지를 생각하렴."

스나가가 부드러운 어조로 달랬다.

"정말 어머니가 데리러 오실까요?"

"그럼. 4월 개학하기 전에 데려가라고 못을 박았다."

스나가는 여러 번 고개를 끄덕이며 힘주어 격려했다.

발이 허공에 붕붕 뜬 것 같았다. 더 이상 배가 고프지도 춥지도 않았다. 시간의 발걸음은 더욱 느려졌다. 겨울은 좀처럼 물러나지 않았다.

우장춘은 더욱 자주 뒷마당에 나가 강을 지켜보았다. 증기선은 뭉클뭉클 연기를 토하며 바쁘게 강을 오갔다. 봄은 눈에 띄지 않는 발걸음으로 아주 조금씩 다가왔다. 간신히 강 언덕에 푸릇한 기운이 감돌며 가로수인 버드나무에서 싹눈이 올라오더니 잎이 나오기 시작했다. 하룻밤 사이에 강둑에 민들레꽃들이 만개했다.

'아무리 짓밟혀도 다시 일어나 꽃피우는 민들레처럼 살기로 하자.'

강 언덕은 온통 노랗게 뒤덮였다.

어머니가 나타났다.

훌쩍 커버린 아들을 보고 어머니는 눈시울을 붉혔으나 울지는 않았다. 어느새 숙성하고 어른스러워져, 어머니는 새로 풀 먹인 옷 입은 사람을 꽉 껴안지 못하듯 멈칫거렸다. 그도 울지 않고 뻣뻣이 서서 멀뚱히 바라보기만 했다.

반도인 중학생

우장춘은 히가시 혼도리 소학교를 졸업하고 현립 구레중학교에 들어갔다. 거리가 멀어서 아침마다 전차를 타고 학교에 갔다. 어른이 된 기분이었다. 또 글을 모르는 어머니 대신 서류 작성도 했는데, 가정환경 조사서의 부형직업란엔 고심하다 애국지사라고도 썼다. 써놓고 보니 철부지 같았으나 그냥 제출하고 말았다.

전차가 중심가를 지날 때면 저편 언덕의, 항구를 내려다보고 있는 와쇼 동네가 얼핏 보였다. 거기서 살던 철부지 시절, 아버지는 동네에서 존경받는 애국지사였고, 그도 차별받지 않았었다.

'그 후 내가 받아온 차별은 한국인이기 때문만 일까? 아버지가 없어 더한 게 아닐까? 근데 왜 꼭 난 한국인이라야 돼지? 그냥 우장춘으로 살 수 없을까? 어느 나라 사람도 아닌.'

사춘기에 접어들면서 부쩍 고민이 늘었다.

"비켜, 비키라니까."

빽빽한 전차 안의 이목이 일제히 쏠렸다. 양복 입은 신사가 지까다비(노동화)를 신은 협수룩한 남자를 단장으로 찌르다시피 밀고 있었다. 그 남자는 움찔거리며 어쩔 줄을 몰랐다.

"네놈 고약한 냄새를 참을 수가 없잖아? 더러운 조센징 같으니!"

정말 한국인인 모양, 그 남자는 멀뚱멀뚱 올려다보기만 했다.

구레는 점점 번창하고 있었다. 전쟁준비에 박차를 가하느라 조선소며 통조림 공장들이 불어났고, 거기서 일하려고 일본뿐 아니라 한국이며 중국에서도 노동자들이 몰려왔다.

신사는 남자의 따귀를 때렸다. 차장이 다가갔다. 그 남자는 전차표를 꺼내 흔들었다. 차장은 멱살을 잡아 질질 끌어냈다.

"표를 샀는데. 왜?"

그 남자는 전차 기둥을 잡고 버텼다.

"소란을 피웠잖아. 조센징! 내렷!"

차장이 윽박지르며 마구 떠밀었다. 승객들은 외면했다. 우장춘도 눈을 질끈 감았다. 심장이 저릿저릿 죄어들면서 등이 자꾸 오그라들었다. 주문을 외듯 몰래 중얼거렸다. '난 달라. 절반은 일본인이야.' 억지로 숨을 토했다.

"너는 나서서 말려야 하는 거 아냐?"

같은 동네 사는 급우가 우장춘의 귀에 대고 속삭였다.

전차가 멎자 그 남자는 길에 내동댕이쳐졌다.

"내가 왜? 난 어머니가 일본인인데."

우장춘은 새가슴을 한 채로 콧방귀를 뀌었다.

희운사에서 터득한 게 있다면 잠자코 지내는 게 이롭다는 사실이었다. 구레로 돌아온 뒤 우장춘은 몸과 마음을 꽁꽁 싸매고 급우들과 조심스레 거리를 두었고 숨듯이 지냈다. 튀지 않는 게 상책이었다. 성적도 앞도 뒤도 아닌 중간이었다. 다만 수학은 잘했고, 공업시간을 좋아했다.

어릴 때 아버지는 다른 아버지들과 달리 자주 양복을 입었었다. 양복 조끼주머니엔 회중시계를 찼는데, 그 뒤딱지를 열면 톱니바퀴들이 정교하게 맞물려 돌아가는 걸 볼 수 있었다. 말을 더듬거리기 시작하면서부터 그는 울다가도 시계 속을 보여주면 홀린 사람처럼 울음을 그쳤다고 했다. 자라면서 톱니바퀴며 기계의 역학에 흥미를 느꼈다. 정교한 부품들이 살아있는 생물처럼 알아서 움직이는 게 마법 같았다. 더구나 증기기관은 기차나 배를 움직여 세계지도를 바꿔 놓은 원동력이었다. 자신도 증기기관 같은 걸 만들고 싶었다.

장래희망은 공학자였다. 공학자는 수학을 잘해야 한다. 수학은 개념만 익히면 어렵지 않았다. 그 다음은 끈기 문제였다. 원리를 적용해 얼마나 많이 문제를 풀어보느냐가 관건이었다.

'어떻게 꼼짝도 안 하고 책상 앞에 붙어 있는담?'

사촌형이 투덜대며 비결을 물었으나 우장춘은 어떻게 설명해야 좋을지 몰랐다. 그냥, 목적지는 쳐다보지 말고 한 걸음 앞만 보면서 한 발짝씩 걸으면 됐다. 어차피 사람은 한 번에 한 걸음 밖에 못 걷지 않는가. 다리가 아파 더 이상 걸을 수 없을 것 같을 땐 딱 한 걸음만 더 걷고 쉬자고 자신을 달래면 되는 것이다.

수학을 좋아해서 수학 선생 누마다를 좋아했다. 다른 선생들과 달리 자유주의자로 거국일치니 아시아의 맹주가 돼야 한다느니 하는 소린 절대 입에 담지 않았다. 실력 위주로 학생들을 차별하지 않고 공평히 대했다.

우장춘의 수학성적은 나날이 향상되었고, 마침내 교내 수학경시대회에서 만점을 받았다. 만점이 나오자 누마다는 깜짝 놀랐다. 새삼 우장춘을 눈여겨보았다. 과연 수학을 잘하겠다 싶었다. 그 학생의 분위기는 차분하고 안정되었다. 남학생들이 시도 때도 없이 꽥꽥 대며 설치는 교실에서 그 학생이 앉은 부근은 잔잔한 호수 같았다. 말수가 적고 끈기가 있었다.

누마다는 흐뭇해서 말했다.

"시험 볼 때 겁먹고 서두르지 마라. 보통 알려진 것과 달리 수학은 쉽다."

놀린다고 여기는지 학생들이 우, 하며 입을 삐죽거렸다.

누마다는 초임이어서 권위가 없었다. 교감이 그의 수업을 참관할 때마다 지적하는 게 그것이었다. 엄하게 훈도하라고 했다.

"조용, 조용. 중학생이면 지성인이다. 졸업하면 소학교 선생도 하는데, 언제까지나 애들처럼 굴 거냐? 수학이 어렵다는 선입견만 버리면 돼. 강조하지만 수학은 쉽다. 기본개념만 이해하면 된다. 매번 새로운 걸 몰라도 문제를 풀 수 있다. 끈기를 갖고 하기만 하면 너희들은 힘들이지 않고 건성 하니까 어렵다는 소리가 나오는 거야. 너희도 누구처럼 끈기 있게 달라붙어 봐라."

바로 그 누군가가 만점 받은 우장춘이라는 사실을 눈치 채고 학생들은 일제히 주목했다. 우장춘은 동요 없이 칠판에 적힌 문제풀이를 베껴 쓰고 있었다.

"나는 끈기란 내면의 성실성이 반영된 것이라고 본다. 그렇기 때문에 수학 잘하는 학생은 당연히 성실한 모범생이고. 성실성은 성공한 장래를 보장해주지."

내친 김에 누마다는 품성문제까지 언급하고 수업을 마쳤다. 학생들은 짝짝 박수를 쳤다. 수업이 끝났다고 신나서인지 우장춘에게 보낸 박수인지 아리송했으나 아무튼 누마다는 도움되는 훈계를 했다 싶어 으쓱했다.

'이젠 나도 선생질에 익숙해지나?'

난이도를 최대로 높였는데도 만점이니, 현 경시대회에서 우승할는지 모른다. 만약 난다 긴다 하는 대도시 학생들과 겨뤄서 이긴다면? 학교의 명예가 될 테고, 지도교사의 근무평점도 올라가리라. 대회가 얼마 남지 않았으나 참고서만 빌려주지 말고 따로 불러 준비시킬까 싶기도 했다.

교무실 책상에 메모가 있었다. 수학과 주임이 면담을 요구하는 내용이었다.

'경시대회 건. 중요함.'

누마다는 얼떨떨했다.

한참이나 마음 걸려하다 뒤늦게 이마를 쳤다. 만점 학생의 이름이 문제였다. 우장춘.

부랴부랴 가정환경 조사서를 꺼내 찾아보았다. 구레에는 중국인과 한국인 노동자들이 많이 있었다. 그들은 자녀를 소학교 이상 공부시키지 못했다. 보통은 소학교도 1, 2년 다녀서 글자를 깨치고 셈을 할 줄 알면 곧장 일하러 보내곤 했다. 아이라도 일하지 않는 입을 먹일 여력이 없었던 것이다. 같은 일을 해도 보수가 일본인 절반 밖에 안 되는 외국인 노동자들의 형편은 그랬다. 아무리 교육열이 높아도 소학교 졸업도 어려웠다.

'그런데 중학교에 진학했으면… 부유한가?'

자세히 보니 아버지는 애국지사인데 사망했고 조선총독부에서 학비를 지급하고 있었다.

"누마다 선생은 초년병이라 눈치가 없구나."

주임 선생이 킁킁거리며 운을 뗐다.

"여기가 첫 부임지지? 원래 히로시마 시내를 원했다고?"

"본가도 거기입니다."

"그렇다면 근무평점을 올려 원하는 곳으로 가야지?"

주임 선생이 의미심장하게 말했다.

"뭐가 문젠가요?"

누마다는 짐작은 하면서도 물었다.

"대표를 바꾸게. 교장은 완고해서 외국학생이 대표가 되는 걸 용납 못할 거야. 더구나 열등한 반도인이."

"결과가 그렇게 나왔는걸요. 학생들도 성적을 다 아는 마당인데 어쩝니까? 굳이 바꾸려면 재시험을 봐야 하는데 장담할 수도 없고 시일도 촉박합니다."

"그래도 절대 안 돼. 교장이 허용한대도 현 대회엔 장학사가 지키고 있어. 들키면 난리날 걸. 반도인을 추어주다니. 겨우 한국을 병합했지만 반발이 극심하다잖나. 신문을 좀 보게. 요즘 반도(섬나라 일본이 한국을 비하하는 표현)에선 의병이니 독립운동이니 해서 시끄럽기 짝이 없대. 거기선 소학교 선생도 칼을 차고 수업을 한다지. 조선총독 사이또는 병력을 더 보내주지 않으면 치안을 장담할 수 없다고도 한다네. 이런 판국에 한국학생이 일본학생보다 우수하다고? 상상도 하기 싫네. 내년엔 벽지로 전근돼도 할 말 없을 걸."

"나라를 합쳤으니 같은 국민인데, 한국인 일본인 나누는 것도 이상하잖아요?"

"같은 국민이 됐대도 열등민족은 열등민족. 그에 맞게 대우해줘야 반항을 못하지. 공연히 부추겨주면 우릴 잡아먹으려들 걸. 바꿔. 어려운 일도 아니잖아?"

"그게… 학생들이 다 안다니까요. 재시험을 보지 않는 한 납득 못할 겁니다. 시일이 촉박해요."

"학교대표니까 다른 면도 반영해서 결정한다고 해요. 품행이나 수신 점수를."

얄팍한 속임수였다. 학생들은 눈치챌 것이다.

게시판에 경시대회 출전 대표 이름이 나붙었다고 했다.

"이상하지? 네 이름이 없더라. 만점인데. 95점 맞은 요네자와부터 4등까지 선발됐어."

우장춘은 달려가서 보았다. 정말 없었다.

큰일 났다, 1등해서 학교 대표가 됐다고 어머니께 알렸고,

어머니는 사방에다 자랑했는데.

그 소식에 어머니는 당장 이모네로 달려가 자랑하고 돌아왔다. 그리곤 남포심지를 돋우더니 편지를 받아쓰라고 했다. 엄마가 편지문구를 부르기 시작했다. 도쿄의 스님이며 스나가에 자랑하는 내용이었다.

"현 대회에서 우승하면 도쿄에 가게 됩니다."

"에이, 엄마. 현 대회에선 어떨지 아직 몰라요."

얼굴을 붉히면서도 그 역시 상상의 나래를 폈었다.

전국대회에 참가해 도쿄에 가면 희운사에 들릴 것이다. 거기 소년들은 어떻게 됐을까? 형들은 군인이 된다고 했으니 만주로 갔을 것이다. 테츠오는? 군인이 됐을까? 수줍으면서도 목청 좋던 쇼하치는? 요즘도 거기선 썩은 감자를 먹을까?

그날 밤 쓴 편지를 어머니는 부쳤을 것이다.

'정정 편지를 내야 하지 않나?'

마음이 무거워 발걸음도 느려졌다. 문득 정신을 차려보니 복도에서 누마다 선생을 가로막고 있었다. 눈길이 마주쳤다. 내친 김에 과감히 물었다.

"제 답안지에 문제가 있었습니까?"

선생은 눈에 띄게 허둥거렸다.

"문제풀이를 할 땐 다 맞는다고 하셨고, 저만 만점이라고……."

다른 학생들은 듣지 않는 척 딴전을 피우면서도 귀를 쫑긋거렸다. 선생은 한참 헛기침하며 쩔쩔맸다.

"나중에 설명하겠다."

서둘러 길을 비켜 가버렸다.

"와, 세다. 감히 선생님께 따지고."

학생들이 킥킥 웃으며 주먹을 맞부딪치는 시늉을 했다.

종례 직전 누마다 선생이 그의 반에 들어왔다.

"학교대표가 된다는 건 보통 일이 아니다."

운을 떼는 표정이 딱딱했다. 학생들은 일제히 입을 다물고 주목했다. 교실엔 팽팽한 긴장이 흘렀다. 우장춘은 곁눈질도 하지 않으며 기다렸다.

"에에, 학교대표는 모든 면에서 모범이어야 된다. 교사회의 결과 성적만 볼 게 아니라 품행이며 다방면에 모범인 학생을 뽑기로 결정했다."

모두가 입을 헤벌렸다. 형처럼 따르는 젊은 선생의 입에서 나오는 말 같지가 않았던 것이다. 평소라면 누마다 선생이 기피하던 단어들이 그 입에서 술술 흘러나오고 있었다.

우장춘은 머릿속이 하얘져 자기도 모르게 말대꾸했다.

"저는 품행에서 벌점을 받은 일이 없습니다."

"에에… 그러니까… 군은 그게 문제다. 반항심. 선생에게 말대꾸나 하고."

트집 잡는다고 밖엔 볼 수 없는 응수를 했다. 교감이 그랬다면 군소리를 접었으리라. 그러나 누마다 선생인 만큼 우장춘은 믿지 못해서 따지고 들었다.

"구체적으로 지적을 해주시죠. 뭐가 문젠지?"

볼멘소리가 튀어나왔다. 선생은 끼고 온 가정환경 조사서를 내려놓고 펄럭펄럭 넘기더니 페이지를 지휘봉으로 탁 짚었다.

"군이 반항심에 가득 찬 반도인이라는 사실이 여기에도 잘 나타나있다."

"반도인?"

그 말이 새파란 비수처럼 교실 안 공기를 갈랐다. 서서히 학생들이 웅성거리기 시작했다.'그래, 재는 반도인이지. 비국민…….'

비국민이란 말에 꼬리 만 개처럼 도망치던 남자며 전차에서 떠밀리던 한국인 노동자가 떠올랐다.

비국민, 국적(國賊).

우장춘은 고개를 흔들었다. 목을 꼿꼿이 세웠다.

선생은 우물거리다 힘주어 말을 이었다.

"부형의 직업란에 애국지사라고 썼더구나. 이게 합당하다고 생각하나? 첫째 애국지사는 직업을 가리키는 단어가 아니다. 게다가 한국은 이미 없어진 나란데 그런 나라 애국지사임을 강조한 것은 무슨 의도냐? 반항이 아니라면 어리석인 것인데, 군은 그렇게 어리석진 않지. 그러니 군의 불온한 반항심이 드러난 증거라고 하겠다…….”

책상 밑에서 손이 벌벌 떨렸다.

우장춘은 낙심하여 어쩔 줄을 몰랐다. 아버지에 대한 자부심, 그리움이 순식간에 불온한 반항심이 되었다. 어머니가 일본인이라는 걸 방패삼아 반쪽 일본인으로 숨죽이고 살면 별 탈 없을 줄 알았었다. 그리고 중학생은 철부지들처럼 대놓고 괴롭히지 않아 마음을 놓았었다. 눈에 띄지 않고 제 할 일만 하면서 열심히 살면 그만일 줄 알았다. 수학에 몰두한 것도 이것저것 다 잊을 수 있기 때문이었다. 그런데 이젠 센진노꼬에 이어 반도인이었다. 반항심에 찬 불온한 반도인!

우장춘은 곧장 요주의 학생이 되었고 점차 이름 대신 반도인으로 불리게 되었다. 어렸을 때처럼 심한 괴롭힘을 받진 않았으나 그래도 긴장하기엔 충분했다. 선생에게 대들었다 하여 품행에서 우수점을 바랄 수는 없게 되었다.

선생들은 물론 급우들까지 눈을 빛내며 자기를 감시하는 것 같았다. 조금만 실수해도 반도인이 반항심으로 그랬다고 할 것이다.

더욱 어두운 표정으로 움츠러들자 어머니는 작정하고 사정을 캐물었다. 결국 죄 털어놓았다. 유일하게 따랐던 누마다 선생이 표변해서 오히려 더 공격적으로 대하는 것이며, 이름 대신 반도인이라고 부르기 시작한 급우들… 자기 주변엔 투명하고 차디찬 얼음벽이 처져 하루하루 감옥살이를 하는 것처럼 숨막힌다고.

어머니는 한숨을 길게 내쉬었다.

"많이 힘들겠구나."

"어머니도 거짓말하신 게 돼서……."

"낙심하지 마라. 대표가 취소됐다고 실력이 없어진 건 아니지 않니? 다 괜찮을 거다."

어머니는 아무 것도 모르면서!

불끈하니 뜨거운 것이 치밀어 그는 소리쳤다.

"아뇨! 안 괜찮아요. 애국지사라고 썼다고 반항심을 품은 반도인이라니… 민족이건 국가건 난 상관 안 한다고요. 난 나예요. 그냥 나. 그런데 반도인이란 꼬리표나 달고… 부당해요."

꾹꾹 참았던 불만이 봇물 터지듯 터져 나왔다. 어머니는 울먹이며 아우성치는 그를 가만히 바라보기만 했다.

"난 나일 뿐예요. 그냥 우장춘은 왜 안돼요? 한국인도 일본인도 싫다고요. 그냥 나로 살고 싶다고요."

"하지만 세상엔 어쩔 수 없는 일도 있잖니."

"운명은 개척하는 거라면서요?"

"바꿀 수 없는 운명도 있지. 숙명이라고 해야 하나… 네가 다람쥐가 아니고 인간인 것, 여자가 아니고 남자인 것, 네 아버지가 한국인인 것… 사람마다 숙명을 짊어지고 태어나고 그건 바꿀 수가 없어. 싫다고 반발해도 헛수고야. 절망감만 깊어질 뿐이야."

"그럼 다 포기하고 살라는 건가요?"

"네가 할 수 있는 일은 해야지. 그래, 일본에 살면서 네가 한국인인 걸 자랑하라곤 못하겠구나. 하지만 한국인이라는 자부심은 놓으면 안 된다. 그러니까 내 말은… 한국인인 걸 부정하려고 해봤자 달라지는 건 없다는 거야. 그러니 그걸 받아들이고 거기서부터 네 길을 가렴. 그게 바로 대장부야. 네 아버지는 입버릇처럼 말씀하셨어… 희운사에 갈 때 내가 준 시곗줄 간직하고 있니?"

그가 고개를 끄덕였다.

"아버지야말로 대장부셨지. 한국에서 9대나 장교를 지낸 무인 가문 출신으로 조상님들처럼 군에 들어가 훈련대 대장을 지내셨지. 일본으로 친다면 천황폐하를 경호하는 군대 대장이셨다. 그런 지위였던 만큼 눈치껏 부귀영화를 누릴 수도 있었지만, 한국을 개혁하려다 실패하고 일본으로 오셨다. 갖은 오해를 받았어도 변명하지 않으셨어. 대장부니까. 너도 그렇게 해. 타고난 숙명은 받아들이고 자부심을 가지렴."

반쯤 알아들은 우장춘은 풀이 죽어서 대답했다.

"전 대장부는 못될 거 같아요. 어려서부터 겁이 많다고 하잖아요. 군인은 못될 거라고."

"넌 생각이 깊고 진지한 거지, 겁쟁이가 아니란다. 잘 참고, 자세하고, 놀랄 정도로 끈기가 있지. 반드시 아버지처럼 군인이 돼야 대장부가 아냐. 그럴 수도 없을 테고. 사람은 다 다르게 타고나니까. 아버지의 사명은 한국을 국민국가로 바꾸는 것이었지만, 네 사명은 다를 수도 있겠지……."

귀가 번쩍했다. 나의 사명? 분명 공학일 것이다.

3부

1916년 도쿄

한국인 친구

중학교를 졸업하고 우장춘은 도쿄제대 농학부 실과에 진학했다.

신원보증을 서준 스나가는 걱정했다.

"공학을 전공하고 싶다더니… 괜찮겠나?"

"총독부에서 농학부에 가라고 지시했습니다."

"없어진 나라 국민은 공학을 공부하면 안 된다, 그건가?… 흠, 농학부는 실습이 많아서 몸이 튼튼해야 졸업을 할 수 있다던데. 더구나 실과는 직접 농사를 짓는 일도 많고… 자넨 몸이 약해니……."

스나가가 한참 뜸을 들이다 다시 입을 열었다.

"곰곰이 생각해봤는데… 우리 집 호적에 들어오면 어떤가?"

깜짝 놀랐다.

"양자로 받아주겠네. 스나가 나가하루라는 일본인으로 사는 거야."

어리둥절해서 입이 헤어졌다.

"딴 뜻은 없네. 전공문제도 그렇고, 앞으로 사회활동도… 일본인이 되면 뜻을 펼치며 살 수 있을 걸세."

침이 꼴깍 넘어갔다. 십 수 년 받아온 차별과 괴로움이 한꺼번에 되살아나 주르르 머리를 스쳤다. 반쪽 일본인으로 웅크려도 차별과 괴롭힘은 피할 수가 없었다.

일본인인 척하면 내가 더 나아지는가? 아니, 한국인이면 내가 더 작아지는가?

고민이 들끓었다. 원칙이며 현실, 이성과 감정이 뒤얽혀 복잡했다.

스나가가 헛기침을 했다.

"숙고해서 결정 내리게. 난 어디까지나 자네의 뒷배를 봐주려는 것이니… 참, 당부할 게 있네. 요즘 도쿄는 시끄럽기 짝이 없네. 청년 지식인들 사이에 불온사상이 유행일세."

소문을 들어 알고 있었다.

메이지 시대가 끝났다. 메이지 천황이 죽고 뒤를 이은 다이쇼 천황은 머리에 이상이 있다는 소문이었다. 그래선지 전시체제의 엄혹함이 풀리고 민주주의 열풍이 불고 있었다.

"황송하옵게도 다이쇼 천황께선 너그러우셔서 이젠 민주주의를 외쳐도 경시청에서 잡아가지 않네. 그런 틈을 타서 청년들은 민주주의를 하자고 날뛰는데, 가실 민주주의란 것도 사회주의나 다를 바 없어 위험해. 물들면 큰일 나네. 자칫 장학금이 중단될 수도 있네. 조심하게."

시골 출신인 그로선 딴 세상 얘기였다. 노파심에 찬 고리타분한 잔소리로만 들렸다. 우장춘은 그저 감사하다고 인사하고 나왔다.

다실 근처에서 테츠오와 마주쳤다. 10여 년 만이었다. 맨발로 마당을 쓸고 있었다. 여전히 마당을 쓸고 있구나 싶어 웃음이 나왔다. 테츠오는 어제 헤어진 사람처럼 심상하게 반겼다.

"돌아왔구나. 이번에 대학에 들어갔단 소식 들었어. 너는 후원자가 있어 귀한 대학생이 되었으니 정말 부럽다."

목소리에 무게가 실리고, 얼굴엔 살이 붙어 듬직해졌다. 그럼에도 영리하고 약삭빠른 아이 인상은 그대로였다. 눈꼬리가 처진 눈도 여전히 호기심에 차 반짝거렸다.

"넌 군인이 되겠다고 하잖았던가?"

"그게… 말처럼 쉽지가 않아. 많이 방황했지. 스님의 주선으로 이 집에 들어와 간신히 마음잡고 있는 거야. 희운사엔 들러봤어? 스님은 만주로 가셨는데."

"절은 어쩌고?"

"마님도 친정으로 가셔서 다른 스님이 맡았지."

"스님도 군인이 되신 거야? 믿어지지가 않네."

"군인은 아니고. 흑룡회 만주 총책임자 같은 직책이랬는데… 확실히는 몰라. 단체 이름이 현양사에서 흑룡회로 바뀌면서 더욱 비밀주의가 됐거든… 아마 통치 공작 같은 걸 하시겠지."

"그랬구나. 넌?"

"앞으로 경찰 쪽으로 나갈까 해. 현재로선 모든 게 미우라 자작님께 달렸어. 그런데 그분도 속내를 알 수 없는 분이라 눈치만 보는 중. 그쪽 사람들은 다 비밀주의라. 너도 미우라 자작님을 알지? 미우라 자작님이 널 보러 희운사에 오신 적도 있다던데?"

하녀가 와서 테츠오에게 심부름을 해달라고 했다. 헤어지면서, 꼭 반갑기만 한 것은 아닌 찜찜한 뒷맛에 씁쓸했다.

우장춘은 규칙적으로 스나가의 집에 인사를 다녔다. 신원보증을 해주고, 심지어 호적에 넣어주겠다고까지 한 호의가 있었다.

스나가의 집에는 테츠오 말고도 여러 청년들이 묵어가곤 했다. 갈 때마다 두세 명은 꼭 보게 되었다. 다들 뒷골목에서 거칠게 살아온 듯 험악한 눈매였는데, 한 밑천 잡으려고 한국이나 만주로 가기 전 임시로 머물곤 하는 모양이었다. 청년들 얼굴은 자주 바뀌었고 대학생인 우장춘과는 아는 체하지 않았다.

가을로 접어들어 추분의 태풍이 지나고 난 뒤, 갔을 때 좀 다른 청년을 보았다. 혼자 다실에 있었다. 그 동안 봐온 낭인풍 청년들과 확연히 달랐다. 학생들이 주로 입는 청색 줄무늬 평상복에 무릎에는 대학생 사각모자를 올려놓고 있었다. 해맑은 인상이라 자꾸 시선이 갔다. 하녀가 뭐라고 묻자 대꾸하는 청년의 말투엔 관서지방 사투리가 섞여 있었다.

'오사카에서 온 학생인가?'

그쪽도 우장춘을 쳐다보았다. 눈길이 얽혔다가 풀어졌다.

그 청년을 히비야 공회당에서 다시 마주쳤다.

비가 내렸다. 날이 흐려 실험실은 빨리 어두워졌다. 우장춘은 혼자 남아 실험을 마무리한 다음 학교를 나섰다. 추웠다. 비는 내리는 것도 그치는 것도 아닌, 안개처럼 작은 물방울로 공중을 떠돌았다. 어느새 몸까지 축축해졌다. 부르르 진저리를 쳤다. 거리는 휑뎅그렁하니 드문드문 등불이 보일 뿐, 인적은 없었다. 모두가 불빛 환하고 따뜻한 곳으로 가버리고 혼자 남은 듯 했다. 공연히 쓸쓸해서 하숙으로 직행할 기분이 나지 않았다. 땡땡 종소리가 들리더니 전차가 나타났다. 환하게 불켜진 전차 안엔 사람들이 빽빽이 타고 있었다. 행선지도 보지 않고 무조건 탔다. 전차는 황궁 쪽으로 달려갔다. 히비야 공원에 이르자 사람들이 우르르 내렸다. 그도 따라 내렸다. 두리번거리다 환한 불빛을 발견하곤 빛에 이끌리는 나방처럼 다가

갔다.

'청년교양강좌. 개성의 발견.'

입구에 내건 펼침막이 이슬비에 젖고 있었다. 밑에는 연사의 이름이 있었다.

'도쿄제대 교수. 법학박사. 요시노 사쿠조.'

요시노 교수라면 다이쇼민주주의의 기수로서 지방에서 올라온 지 얼마 안 된 우장춘까지 그 이름을 익히 들었을 정도로 유명했다.

공회당 안은 만원이었다. 좌석이 모자라 통로까지 사람들이 빽빽이 서있었다. 사각모자에 학생복을 입은 청년들이 연사의 말이 한마디씩 끝날 때마다 옳소, 하고 고함치고 박수쳤다.

"…일본이란 하나의 나라로 바뀌면서 우리는 평등한 국민이 되었습니다. 겉보기엔 말입니다. 이젠 사무라이니 평민이니 천민이니 하는 차별은 없어졌다고 합니다. 모두가 평등해졌다고 합니다. 그러나 나는 이젠 돈으로 국민을 차별하고 있다고 봅니다. 왜냐? 부자에겐 투표권을 주고 가난한 사람에겐 투표권을 주지 않는 지금의 선거제도야말로 재산으로 국민을 차별하고 있는 것이니까요……."

가랑비로 옷이 젖어 축축한 데다 냉기로 얼었던 몸이 공회당 안의 열기로 조금씩 녹았다. 나른해져서 꾸벅꾸벅 졸았다.

요시노의 연설이 끝났다.

"다음은 후꾸다 선생의 연설이 있겠습니다."

청중은 기대에 차서 웅성거렸다. 가슴이 답답하고 숨이 가빠왔다. 토할 것 같았다. 연사가 바뀌는 막간을 틈타 밖으로 나가려 했다. 군중을 헤치고 어렵사리 출구로 갔다. 문에 닿기도 전에 갑자기 무릎이 탁 꺾이며 풀썩 주저앉았다. 순간 누가 뒤에서 붙잡았다.

"안색이 나쁩니다. 도와드리죠."

돌아보니 후리후리한 키에 해맑은 얼굴의 청년이었다.

"고맙습니다. 찬바람을 쐬면 정신이 들 겁니다."

고개를 흔들었다. 또다시 눈앞이 캄캄해졌다. 어쩔 수 없이 그 팔에 기댔다.

"우산이 없군요. 빗발은 굵어지던데. 기다려보세요."

청년은 급히 뛰어가 우산을 가져왔다.

그의 도움으로 하숙으로 돌아오자 그대로 쓰러졌다.

밤새 앓았다. 아침녘 하녀의 발소리를 들었으나 정신을 차리지 못했다. 어느 순간 의사가 왕진을 와 있었다. 주사를 맞고 흐릿한 정신으로 주의사항을 듣는 둥 마는 둥 그대로 잠들고 말았다. 다시 깨어났을 땐 열은 내리고 가슴을 쥐어짜던 기침이며 가래는 떨어졌다.

만 하루가 지났다. 날은 화창하게 개었다. 상체를 일으켜 창문을 열어보았다. 은행나무 사이로 비친 햇살이 방바닥을 노랗게 물들였다. 새파랗게 갠 하늘도 보였다. 까마귀 한 마리가 깍깍 울었다.

하녀가 나타났다.

"손님이 찾아오셨어요."

결석해서 학교에서 나왔나, 억지로 몸을 일으켰다. 사방에는 책이며 옷가지, 수건 등으로 어수선했다. 대충 벽장으로 쓸어 넣는데 청년이 들어섰다. 히비야 공회당에서 그를 부축해준 이였다. 잇따라 스나가 댁에서 본 것도 기억났다.

"의사 말로는 독감이라던데, 어떤가요?"

목소리가 아침 햇살처럼 경쾌했다.

"바래다주시고 의사까지 청해주시다니… 이 후의를 어떻게 갚아야 할지 모르겠습니다."

우장춘은 깊숙이 머리를 숙였다. 청년은 쑥스러운 듯 입술을 삐죽거리며 무릎 위에 놓은 모자를 만지작거렸다. 모자에 붙은 교표는 와세다 대학이었다.

"한국인이죠?"

청년이 불쑥 물었다.

"어떻게 알았습니까?"

청년은 비로소 얼굴을 활짝 펴고 웃었다. 피부가 희고 눈이 커서 웃으니 어린애처럼 천진해보였다.

"나도 한국인입니다. 스나가 댁에서 봤을 때 하녀 말이… 엊

그제 히비야에서 다시 만나게 되어 놀랐습니다. 이런 우연이 다 있나 싶었어요."

"가네야마 상이라던데?"

"아뇨. 김신안입니다."

청년이 단호하게 말을 잘랐다.

"본관은 안동. 경성에서 태어났고요, 가네야마는 아버지가 지은 성입니다. 어차피 왜놈 밑에서 사는데 굳이 요보(왜정 때 한국인을 경멸해서 부르는 호칭)라고 멸시당할 필욘 없다는 거죠.

난 어릴 때 코베로 보내져 미션 스쿨에서 중학까지 마쳤습니다. 앞으로는 영어를 잘해야 출세한다는 아버지의 믿음 때문에요. 내 아버지는 실용주의랍니다. 돈만 많이 벌면 다른 건 아무 문제도 아니라고 하시죠. 하지만 나는 먹고 사는 것과 사는 것은 다른 문제라고 생각합니다."

"그렇죠. 잘 먹고 산다고 잘 사는 건 아니죠. 동감입니다."

우장춘은 고개를 깊이 끄덕였다. 김신안이 와락 껴안을 듯 다가앉았다.

"아! 우린 생각이 같군요. 정말 반갑습니다."

김신안은 스스럼없는 밝은 태도로 묻지도 않는 얘기를 술술 털어놓기 시작했다. 우장춘은 당황했고 많이 놀랐다. 이렇게 탁 터놓고 접근해오는 솔직한 태도가 낯설었던 데다 원체 사교에 어두운 시골뜨기였던 것이다.

하녀가 뜨거운 물주전자를 가져왔다. 김신안이 주인인 양 벌떡 일어나 받더니 찻주전자에 부어 두 개의 찻잔에 차를 가득 따라 권했다.

"독감에는 뜨거운 물을 많이 마셔야 합니다."

"무슨 연유로 이리 친절합니까?"

묻지 않을 수 없었다.

"굳이 말한다면 핏줄의 그리움이라고나 할까요. 사람이라면 타고나지 않습니까?"

"예?"

우장춘은 놀라 물끄러미 보았다. 김신안은 그늘진 구석이라곤 없이 환했다.

"'우'라는 성을 듣자 가슴이 뛰었습니다. 내 동포로구나 하고 생각하니 반갑고 얼싸안고 싶었습니다. 나는 일본에서 자라 한국말이 서투르고 한국 땅에 대한 추억도 많지 않습니다. 그래도 내가 한국인이라는 사실은 한시도 잊은 적이 없습니다.

안중근 의사께서 이토 히로부미를 사살했을 때, 일본인 급우들은 영웅이 죽었다고 통곡했지만 나는 속으로 기뻐 날뛰었습니다. 또 한국이 일본에게 병탄(먹힘)되었을 때 나도 모르게 통곡이 나왔습니다. 어른 유학생들처럼 손가락을 잘라 혈서라도 쓰고 싶었습니다. 얼마 전 관부연락선에서 어떤 일본인이 한국인 노동자에게 주먹질하는 걸 보자 나도 모르게 주먹을 부르쥐었고 가슴은 터질 듯 했습니다. 일부러 그러려고 하지 않아도 저절로 그렇게 됩니다."

우장춘은 덥석 손을 맞잡았다. 같았던 것이다.

"요즘 대학생들 사이엔 러시아문학이 유행인데, 레르몬토프의 조국이란 시를 아십니까?"

조국을 사랑하네, 그러나 그것은 이상한 사랑!
나의 이성도 그것을 이기지 못하네.
피로 값을 치른 영광도
어엿한 믿음에 넘친 안정도
아득한 옛적의 귀중한 전설도
이 사람에게 즐거운 꿈을 주지 못하네.
그러나 사랑하네, 무엇 때문인지 모르면서도……

아! 어쩔 수 없는 사랑, 나의 조국… 나는 내 조국은 사랑하지만 내 아버지를 존경하지는 못합니다. 슬픈 일이지만 그렇습니다. 왜놈에게 나라를 빼앗기고도 힘이 없으니 어쩔 수 없다고 체념하고 왜놈들에게 빌붙어서라도 잘 살겠다고 발버둥치는 아버지가 부끄럽습니다. 앞으로 나만은 자존심을 지키며 사람답게 살겠다고 다짐하곤 합니다……."

장광설을 늘어놓고 김신안은 돌아갔다.

우장춘은 도로 자리에 누워 생각에 잠겼다. 놀라웠다. 한국 청년은 처음 만난 데다, 이처럼 솔직하게 접근해오는 사람도 처음이었다. 게다가 아버지가 부끄럽다느니 하는 말을 서슴없이 내뱉는 사람도 본 적이 없었다.

우장춘에게 아버지란 무조건 존경해야 할 대상이었다. 아버지는 싫지만 아버지의 나라(조국)는 사랑한다는 김신안의 논리가 낯설었다. 아버지와 조국을 떼어서 생각하는 게 납득되지 않았다. 우장춘에겐 아버지가 조국, 바로 한국이었는데, 그것은 어쩌다 한 번씩 꾸는 꿈처럼 흐릿하니 그리우면서도 멀었다.

가을은 정신없이 지나갔다. 실험실습이 많이 시간표가 빽빽한 데다, 시험도 자주 있었다. 최신 이론에 몰두하다 졸음이 겨워 문득 동트는 창밖을 보거나, 현미경으로 염색체를 관찰하다 눈이 시려 고개를 젖힐 때면, 홀연히 나타난 한국 청년 김신안이 떠오르곤 했다. 훈훈했다.

그 뒤 김신안은 긴 편지를 보냈다. 서로 가슴을 통하고 친구가 되자는 제안이 들어있었다. 우장춘도 좋다고 답장을 보냈다. 짧은 엽서였으나 청년다운 감격에 넘친 것이었다. 그러나 만나지는 못했다. 학업이 바빴던 것이다. 안타까운 마음에 어느 날 밤 열렬한 편지를 써보았으나 그 편지를 하숙집 책상 서랍에 넣어둔 채 차일피일 미루며 부치지 못했다.

그런데도 매일 만나는 일본인 학우보다 김신안이 더 가깝게 느껴지는 건 그의 말대로 핏줄의 이끌림인가 싶었다.

간따의 남명구락부에서 열린 '아시아의 정세와 일본의 임무'라는 강연회에서 다시 김신안을 만나게 되었다.

그 즈음 도쿄에선 강연회며 토론회가 빈번히 열렸다. 사람이 많이 모일 수 있는 장소라면 국기관이든 무도관이든 가리지 않고 열렸고, 매번 인파는 터질 듯 몰려들었다. 학교에서도 웅변 잘하는 학생이 단연 스타였다.

평소엔 정치에 관심도 두지 말라던 스나가가 이번엔 사람을 보내 그 강연회엔 가보라고 권유했다.

우장춘은 청중들 틈에서 김신안을 보았다. 꽤나 정치에 열심이구나 싶어 쓴웃음이 나왔다. 그런데 심상찮았다. 김신안은 분명 시선이 마주쳤는데도 아는 체하지 않았다. 가만 보니 친구들과 함께였다. 그 무리는 대학생의 상징인 사각모자 대신 사냥모나 중절모를 썼고, 학생복이 아닌 평상복을 입고 있었다. 그들은 팔짱을 끼고 고개를 빳빳이 쳐들고 전투적인 자세로 단상을 노려보고 있었다.

강연이 시작되자 그 청년들이 소란을 피우기 시작했다. 우하고 조롱을 퍼붓는가 하면 큰소리로 떠들며 발을 굴렀다. 강당 가장자리에 몰려선 빡빡머리 청년 무리가 눈을 부라렸으나 아랑곳하지 않았다. 소란이 점점 커지면서 긴장이 고조되었다.

조그만 꼬투리라도 생기면 즉각 패싸움으로 번질 기세였다. 머리 위로 작은 불꽃이 파닥파닥 날아다니는 듯 했다.

강연은 아슬아슬 진행되었다. 연사들의 발언 강도는 점점 세졌다.

"…백인종의 침략에 맞서 아시아를 지켜야 합니다. 그러려면 황인종의 대표인 우리 일본이 군비를 강화해서……."

우하고 비아냥거림이 쏟아졌다. 여러 나라 말이 뒤섞이면서 들썩거렸다. 고함치고 발을 구르는가 하면 한 청년은 단상으로 뛰어오르기까지 했다. 사회자가 제지했으나 밀치며 큰소리로 외쳤다.

"서양의 침략으로부터 아시아를 지킨다고 하지만, 그 속셈은 일본이 서양열강 대신 아시아를 식민지로 삼겠다는 거 아닙니까?"

중국 억양의 유창한 일본말이었다. 봇물 터지듯 박수가 나왔다.

"옳소, 옳소. 흑룡회는 가면을 벗어라."

"아시아를 보호한다는 거짓말은 집어치워. 침략 야욕을 인정해!"

"청년학생들은 예의를 지키시오."

사회자가 호통을 쳤다.

연사가 목청을 가다듬고 발언을 이으려고 했다.

"에, 또, 그러니까, 우리 흑룡회는 침략이 아니라 어디까지나 전쟁을 억지하려고 군비를 강화하자고 주장하는 바……."

청중들은 더 격렬하게 발을 구르며 고함을 질렀다. 말소리가 거의 들리지 않게 되었다. 가장자리에 섰던 낭인풍의 청년들이 소란을 피우는 청년들에게 덤벼들었다. 몸싸움이 시작되었다. 측석에서 객석의자가 부서져 각목이 되어 휘둘러졌다.

우장춘은 떠밀리다시피 로비로 튕겨져 나오고 말았다.

'이 흑룡회하고 스나가 선생은 어떤 관계지?'

궁금했다.

'이런 주장을 스나가 선생이 동조하나? 이런 이들과 친구면?'

머릿속이 복잡하고 시끄러워져 한참을 서성거렸다.

문득 김신안이 그의 앞을 가로막고 섰다. 패싸움에 끼었었는지 진동이 뜯어진 소맷자락을 그러쥐고 후후 웃었다. 개구쟁이처럼 잔뜩 신나 보였다.

"우 형이 한 번쯤 찾아주려나, 기다렸는데."

대뜸 섭섭함부터 표시했다. 우장춘은 겸연쩍게 웃었다.

멀리서 호루라기 소리가 들리더니 말발굽 소리와 뒤섞여 점점 다가왔다. 두 사람은 눈짓을 주고받다 폭소를 터뜨렸다. 사람들이 재빠르게 도망치기 시작했다.

"얼른 피하지? 가볍게 생각했는데 일이 커질 모양이네."

두 사람은 손을 맞잡고 골목길로 뛰어들었다. 몸을 감추고 엿보니 어느새 구락부 앞길은 텅텅 비고 기마경찰이 오가게 되었다. 뒤늦게 구락부를 빠져나오던 사람들이 형사들에게 붙들리고 있었다.

김신안이 팔을 잡아당겼다.

"내가 길을 아네. 동지들이 끝나고 모이기로 한 요릿집이 있어."

두 사람은 여염집이 늘어선 골목을 이리저리 빠져나갔다. 어깨가 부딪칠 정도로 좁았다. 세밑의 찬바람이 얼굴을 할퀴었다.

"김형은 정치문제에 관심이 많구먼?"

"식민지 국민에겐 생존이 달렸는데, 당연하잖아?"

김신안이 씩 웃으며 해명을 덧붙였다.

"도대체가 흑룡회는 음험해서 싫어. 거짓말도 너무 잘하고. 한국과 중국을 침략하는 게 아시아 평화를 위해서라니. 그런 말에 속을 사람이 몇이나 되겠어? 흑룡회는 평화, 평화 하지만 실은 침략전쟁을 하자는 소리야. 오늘 우리끼리 짰다네. 몰려가서 혼을 내주자고. 우리 와세다 대학은 중국 유학생이 많기로 유명해. 중국 청년들은 일본의 군비증강을 여간 염려하고 있지 않거든……."

큰길이 나왔다. 서점들이 줄지어 있는 상점가로 주로 청년학생들이 오가고 있었다. 그들은 걸음을 멈춘 채 가게 앞에 진열

된 신간서적과 잡지를 들춰보거나 즉석에서 토론을 벌이기도 했다. 말을 탄 경찰들이 길을 오르내리며 위협하듯 사람들을 가장자리로 내몰았다. 저쪽 길모퉁이에선 형사들이 지켜 서서 청년들을 일일이 세워놓고 보따리와 호주머니를 펼쳐 보이도록 검문했다.

"…이번 일을 계기로 흑룡회는 청년학생들의 반발이 얼마나 큰지 느꼈을 거야."

김신안은 속삭이듯 계속 설명했다.

그들은 형사들이 지키는 길목을 태연하게 지나치려 했다. 심장이 쿵쿵 뛰었다.

등이 따가웠다. 고개만 돌려 살펴보았다.

"누굴 찾아?"

"아는 얼굴을 본 듯해서……."

길 위아래를 훑어보다 테츠오를 발견하고 놀랐다. 그는 시선이 마주치자 빙글빙글 웃으며 손을 번쩍 쳐들면서 활달하게 다가왔다. 주로 학생들이 입는 청색 일본 옷에 납작모를 눌러 쓰고 있었다.

"웬일로 간따에 왔나?"

테츠오는 거리의 주인인 양 의기양양하게 물었다.

"친구 만났어. 넌?"

"아직 모르나? 얼마 전부터 여기서 근무하는데."

"여기?"

"히비야 경찰서. 간따거리 치안은 우리 관할이야. 그래서 출동했지."

테츠오가 우리라는 말에 힘을 주며 뽐냈다.

"드디어 순사시험에 합격했구나?"

"그건 아니고. 미우라 자작님 추천이야. 아직은 고스까이(사환)처럼 심부름이나 하는 정도에 불과하지만 앞으로 힘껏 노력해서 자작님 은혜를 갚으려고 작정하고 있어. 그런데 넌? 혹시 불온학생들과 어울리는 거 아냐?"

테츠오가 눈을 빛내며 그와 김신안을 번갈아 살폈다.

"불온학생이라니?"

시치미를 뗐다.

"도쿄제대의 신인회, 와세다대의 건설자동맹, 두 대학 서클이 출동했다는 첩보가 들어왔거든. 방금 남명구락부에서 낭인들과 패싸움을 벌인 게 바로 그들이야."

비명 소리가 들렸다. 사람이 말발굽에 채였다고 했다. 사람들이 그쪽으로 우 몰려갔다. 테츠오가 혀를 찼다.

"또 사고야? 쳇. 내일 아침 신문에 간따에서 인명사고가 났다는 기사가 나가면 우리가 곤란해지는데… 가봐야겠어. 나중에 보자. 하숙으로 찾아가든지 할게."

테츠오는 서둘러 가버렸다.

김신안이 뒷모습을 지켜보다가 고개를 갸우뚱거렸다.

"신기하군. 경찰에서 고스까이를 하는 친구도 있다니."

"어릴 때 절에서 함께 지냈어."

우장춘은 간략하게 설명하고 말았다.

만두로 유명한 중국 요릿집 앞에서 발길을 멈추었다.

"같이 들어가. 한국 유학생들이 모인 자리니까, 인사도 하고 낯도 익히면 좋을 거야. 동포끼린 자꾸 만나야 해. 그래야 정이 들지. 아무리 바빠도 잠시 앉았다 가."

김신안이 간곡하게 권했다. 망설이다 따라 들어갔다.

2층 구석의 큰 방에 청년들이 모여 있었다. 두 사람이 나타나자 시끌벅적하던 말소리가 뚝 그쳤다. 모두들 발그레하니 흥분한 얼굴로 쳐다보았다.

"김신안 군! 무사했구나."

"잡혀 갔나 걱정했네."

"그깟 형사쯤이야… 여기 주목. 내가 한국 유학생을 또 한 명 찾아냈어. 박수로 환영해줘."

김신안이 잔뜩 으스대며 우장춘을 소개했다.

"잘 부탁합니다."

인사하면서 보니 여학생도 서너 명이나 있었다. 놀라 눈길 둘 데를 못 찾고 허둥댔다. 목이 뻣뻣해지며 가슴이 쿵쾅거렸다. 아무리 남녀평등, 자유연애의 시대가 왔다고 해도, 우장춘은 아직 여성을 친구삼아 교제해본 경험이 없었다. 여학생들 쪽으론 감히 시선을 주지 못하고 구석에 끼어 앉았다.

비좁았다. 어떤 청년과 무릎을 겹치다시피 했다. 얼굴은 하얀 책상물림이었으나 노동자풍으로 머리를 박박 깎고 허름한 옷을 입었다. 먼저 말을 걸어왔다.

"난 윤영립이라고 와세다 대학을 다닙니다. 본관은 파평. 우형의 본가는 어딥니까?"

서로가 알만한 연고를 따져보려는 눈치라서 오해가 없도록 미리 밝히기로 했다.

"한국 유학생 자격으로 도쿄제대 농학부를 다닙니다만 일본에서 태어나 자랐습니다. 히로시마 현 구레시에서 중학교를 마쳤습니다."

'전 아직 한국 땅을 밟아본 적도 없고, 한국인과 사귀는 것도 처음입니다.'

뒷엣말은 어쩐지 잘난 척하는 것 같아 속으로 꿀꺽 삼키고 말았다.

윤영립은 수수한 차림새와 달리 금테 두른 비싼 러시아제 담배를 연신 피우면서 또 물었다.

"도쿄제대 농학부라면 김병하 형을 알겠군요?"

"본과인가요? 전 실과인데."

"그 형, 오늘은 참석하지 않았지만 관학파 중에선 가장 활발하게 학우회 활동을 하고 있습니다."

"관학파요?"

"관립(공립)학교 학생. 도쿄 한국 유학생 모임인 우리 학우회는 사립학교 학생들이 주축이 되어 활동하고 있습니다. 관립학교 학생들은 대체로 미온적이죠. 그래서 관학파, 사학파 나누는 게 버릇이 됐습니다. 활동에 성의를 보이지 않으면 '일본의 개'라고 욕하기도 하고요."

윤영립이 씩 웃으며 가볍게 말했다.

"일본의 개라니, 심한 욕이네요."

"우 형은 우리 유학생들 실정에 어두운 모양이군요. 차차 알게 될 겁니다. 욕하는 사람 심정도 욕먹는 사람 처지도. 뭐든 궁금한 게 있으면 날 찾아……."

사회자가 식탁 모서리를 탕탕 쳤다.

"자자, 그만 사담은 그치고 토론을 계속합시다. 누가 국제 정세를 리뷰할 거죠?"

모두 윤영립을 주목했다. 신망이 높은 듯 했다. 윤영립이 유창하게 해설하기 시작했다.

최근 독일은 잠수함 같은 최신 무기들을 발명했지만 그래도 영미 연합국에게 밀리고 있으니 세계대전(1차)은 곧 끝날 것이다. 그러면 식민지들은 독립하게 된다. 문제는 일본이 독일이 아닌 연합국 편이라는 점이다. 그렇다면 일본 식민지인 한국의 장래는 어떨지 고민해야 한다.

뜨거운 토론이 벌어졌다.

"전쟁이 끝나도 우리나라의 독립은 어렵지 않을까?"

누군가 의심스러워했으나 모두들 일축해버렸다.

한국 유학생들의 꿈은 자나 깨나 독립이었다. 독립하려면 서양이나 일본과 동등한 실력을 갖춰야 한다. 우리가 도쿄에 와서 공부하는 까닭은 한국이 그런 실력을 갖도록, 한국인들을 깨우치고 이끌기 위해서다. 따라서 무엇보다도 우리가 선각자(먼저 깨달은 사람)적 임무를 다하기만 하면 앞으로 잘 될 것이다.

유학생들이 어찌나 열렬하게 독립의 꿈을 토로하는지, 우장춘도 함께 취해버리고 말았다. 가보지도 못한 한국이라는 나라에 대한 사랑이 가슴에서 뭉클뭉클 솟구쳤다.

20세기 청년

겨울방학은 12월 하순부터 1월초까지였다. 짧기 때문에 유학생들은 대부분 도쿄에 그냥 머물렀다. 우장춘도 어머니가 계신 구레에 다녀오지 않았다.

정초가 지나 추위가 누그러들자 불현 듯 아버지 묘소를 참배하고 싶어졌다. 구레의 신응원에도 묘가 있으나 아버지 친구들은 유골 일부를 가져다 도쿄 아오야마에 묘를 만들었는데 한 번도 가보지 않았었다.

시부야에서 아오야마 연병장 쪽으로 올라갔다. 숲이 무성한 곳이었으나 낙엽이 져서 황량했다. 양지쪽 눈은 다 녹았고, 낙엽들은 구겨버린 종이쪽처럼 발목까지 쌓여 버석거렸다. 묘비는 검푸른 우산이끼가 우범선이라는 글자 윗부분까지 덮여있었다. 아무도 찾아주지 않는 모양이었다. 절을 올린 후 정성껏 묘석을 닦았다.

문득 어렸을 때 들은 아버지의 말이 생생히 기억났다.

'내겐 더도 덜도 말고 두 가지 소원이 있으니, 첫째는 한국이 부국자강하는 것이오, 또 하나는 아들을 얻어 저승에 갔을 때 조상님을 떳떳이 뵙는 일입니다.'

부국자강… 한때 아버지는 일본의 힘을 빌어서라도 한국을 개혁하려 했다고 했다. 그때를 놓치자 일본은 침략자란 본색을 드러냈고… 그때의 친구가 바로 스나가 선생일까? 그 아들은 이젠 아버지를 버리고 일본인인 된다? 부국자강도, 아들도 물거품이 된다면 아버지는 개죽음을 한 게 되지 않나?

학우회를 알게 된 후론 일본인 양자가 될지 한국인으로 살지 결정하지 못한 채 망설이느라 마음이 더욱 혼란스러웠다.

묘석을 닦으며 옆면에 새겨진 쓰인 건립자 명단 중 스나가란 이름을 보며 오래 고심했다.

고지마치에 있는 김신안의 하숙으로 찾아갔다.

김신안은 평상복이 아닌 학생복을 차려입고 있었다.

"나가려던 참인가? 그럼 나중에 다시 오지."

"아무 일도 없어. 놀다 가게."

안절부절 어쩔 줄을 몰랐다. 한참을 머뭇거리다 함께 교바시로 산책을 가자며 일어섰다. 따라 일어섰더니 이번엔 거울을 들여다보며 모던보이풍으로 깎은 머리를 새삼 빗고 또 빗었다. 원래 멋쟁이였으나 지나쳐보였다.

"교바시에 가면 특별히 갈 데가 있는 거야?"

"대단한 일은 아니고… 약간 볼일이 있긴 해."

우물쭈물 쁘렝땅으로 이끌었다. 쁘렝땅은 도쿄의 문화인들이 모이는 첨단을 달리는 카페였다.

"뭐야? 솔직하게 털어놔."

다그치자 김신안이 얼굴을 붉혔다.

"윤영립 선배 알지?"

노동자처럼 차리고 있으면서도 담배는 금테 두른 비싼 걸 피우던 사람.

"그의 누이동생을 여기서 만나기로 했어. 문제가 생겼거든. 오빠 윤영립이 유치장에 들어갔는데, 여자 혼자 면회 가는 건 곤란하니까 함께 가도록 학우회 간사를 소개해주려고."

"너에게 도와달래?"

새삼 감탄스러웠다. 어느새 여성과 교제하고 있다니. 김신안이 무척 세련돼 보였다.

"아냐, 아냐. 교제하는 게 아냐. 윤 선배네 집에 들렀다가 부탁을 받았어. 엊그제 우리학교 건설자동맹 회원들이 검거됐단 소문을 들었지? 윤 선배는 그 서클 회원이라 걱정돼서 가봤던 거야… 그녀는 미모의 재원이야. 성악 전공인데, 피아노 솜

씨도 대단해. 어릴 때부터 쳤대. 윤 선배는 개화한 집안이야. 부친은 한국에서 명망 높은 개화파 인사고. 맏언니는 윤성려라는 신여성인데 유럽유람을 다녀와 경성을 깜짝 놀래켰었지."

김신안은 들뜬 표정으로 횡설수설했다. 우장춘은 비죽 웃었다.

"너··· 연애에 빠졌구나?"

김신안의 얼굴이 더욱 새빨갛게 물들었다.

"난 다만 윤 선배가 걱정돼서······."

"이실직고해. 이게 말로만 듣던 자유연애? 맞지?"

"아니라니깐··· 그래, 뭐 어때? 20세기는 자유연애의 시대라는 말도 못 들었어? 책에도 노상 나오잖아. 20세기 청년들아 구습을 벗어던지고 자유연애를 행하라. 20세기 모던보이라면 봉건적 세상을 뒤엎을 자유연애를 행해야 한다······."

우리학교 시마무라 교수라는 평론가 알지? 그는 신파극 〈부활〉에 나온 마쯔이라는 여배우와 연애에 빠져 학교도 그만두고 처자식도 버렸어. 이런 사건이야말로 시대가 바뀌었단 걸 증명하는 거야."

"대단하구나! 학문도 처자도 버리고 연애에 몸을 불사르다니. 19세기가 끝나고 20세기가 됐다는 걸 실감하겠네."

"그거야! 20세기. 연애는 20세기 청년이라는 표식이요, 청춘에게 허락된 특권이야. 계절은 봄, 인생은 청춘. 자유연애 만만세야! 20세기 청년이라면 반드시 연애에 몸을 불사르는 경험을 해야만 해. 너도 예술좌에 가서 배우 마쯔이를 한번 봐야 하는데. 보기만 해도 전율이 오는 매력덩어리 여배우거든. 그럼 너도 여성이 무엇인지 알게 될 텐데…….”

김신안은 흥이 나서 장광설을 폈다.

우장춘은 감탄하면서 듣다가 화제를 바꾸었다.

“난 이과생이라 그런 건 잘 몰라. 그보다 스나가 선생은 어떤 사람이야? 궁금해서 널 찾아온 건데.”

김신안이 눈을 휘둥그렇게 떴다.

“왜 나한테 물어? 네가 더 잘 알면서. 넌 매달 인사를 가잖아?”

“그래도 아는 게 없어.”

“왜 갑자기 궁금해?”

우장춘은 말문이 막혔다.

“글쎄… 뭐랄까. 배후가 어떨지…….”

“도치키 현 지주로 사업가인데 한때 경성에다 가죽 공장을 세우려고도 했었대. 러일전쟁 전 일이니까 아마 20년도 더 전에. 한국에 관심이 많아서 개화파를 열렬히 응원했다는 말을 들었고… 그런데 이젠 흑막이 생긴 듯 해. 확실히는 몰라도 흑룡회와 관계한다는 소문도 들리던데.”

“흑룡회?”

"일본의 극우꼴통들이 모인 단체. 음… 그렇지. 그건 홍광표나 윤영립 선배가 잘 알 거야. 건설자동맹에 가입한 한국학생들이 일본 정치 사정에 밝거든."

갑자기 김신안이 입을 꾹 다물었다. 경쾌한 하이힐 소리가 났다. 백합꽃 같은 달콤한 향기가 풍겼다. 이어 서양 옷을 입은 여성이 자태를 드러냈다. 종처럼 생긴 펠트모자에 붉은 투피스, 검은 코트를 입고 하얀 장갑을 꼈다. 얄쌍하게 빠진 뺨에 오뚝한 코, 커다란 눈이 빛나고 있었다.

김신안이 얼간이처럼 입을 헤벌리고 일어나 의자를 권했다. 그녀는 낮고 또랑또랑한 음성으로 고맙다고 말하며 앉았다. 중력이 작용하지 않는 듯 나비처럼 나풀나풀 움직였다. 그녀는 수줍어하지 않고 남성들에게 똑바로 시선을 던졌다. 여느 처녀들과 달랐다.

"이분이 간사님?"

말끝이 살짝 들렸다.

"아직 안 오셨어요. 제 친구 우장춘입니다."

그녀는 고개를 끄덕이며 핸드백에서 명함을 꺼내 건넸다.

"메지로 음악학교에 다니는 윤미려라고 합니다."

사교에 익숙하면서도 무심한 태도였다. 눈부셨다.

"저는 도쿄제대 농학부에 다닙니다. 아직 명함은 없고요."

우장춘은 촌뜨기처럼 얼굴을 붉히면서 어쩔 줄 몰랐다.

"신기하네요. 한국 유학생들은 대부분 법학이나 문과 전공인데?"

"농학도 중요합니다. 식량이 정치문제보다 우선일 수 있거든요. 예를 들어 일본은 만성적인 쌀 부족을 해결하려고 자기네 한국 농민을 1백만 호나 한국에 이주시키고 있어요. 동양척식회사를 앞세워서. 그 땜에 한국 농민들은 농토를 빼앗기고 만주나 연해주로 밀려나있고요. 이런 문제는 쌀의 단위당 수확량을 늘리면 해결할 수도 있습니다."

우장춘은 자기전공이 나오자 열변을 토했다. 윤미려가 깜짝 놀란 기색으로 뚫어져라 보았다. 전율이 왔다. 여성에게서 이처럼 직접적인 눈길을 받기는 처음이었다. 용기를 쥐어짜서 시선을 맞받았다. 눈빛이 서로 얽혔다. 서서히 그녀의 표정이 감탄으로 바뀌었다.

"놀라워요. 이렇게 실제적인 의견은 들어본 적이 없어요."

"저는 무엇보다도, 다른 여학생들과 달리 일본 옷이 아닌 게 마음에 듭니다."

전염된 듯 우장춘의 입에서도 솔직한 말이 튀어나왔다.

"이런 실례를! 여성에게 그런 말을!"

김신안이 화들짝 끼어들며 말렸다. 윤미려가 방긋 웃었다.

"보기 드물게 솔직하시군요. 여자 유학생들이 일본 옷을 입는 건 좋아서가 아니고 서양 옷이 비싸기 때문이랍니다."

설왕설래하는데 학우회 간사가 나타났다.

“윤영립의 누이시구먼. 어제 김신안 군 연락을 받고야 알았습니다. 얼마나 놀라셨습니까? 객지에서 이런 변을 당하시다니.”

간사는 그녀의 손을 살짝 잡고 인사한 뒤 말썽꾸러기를 꾸짖듯 눈살을 찌푸리며 그들을 보았다.

“정말이지, 요즘 젊은이들은 이해를 못하겠군요. 그동안 그런 서클은 위험하니까 멀리하라고 그토록 주의를 줬는데.”

“그렇게 걱정하지 않아도 될 거예요. 대학생이니 일반 잡범 다루듯 하진 못할 거고, 곧 내보내줄 거라던데.”

김신안의 말에 윤미려가 반박했다.

“어제 유치장에 사식을 차입해주는 가게에 갔더니, 일주일치를 예약하라고 했어요. 바로 나오지는 못할 거라고.”

“벌써 오빠를 위해 사식을 차입했군요. 훌륭합니다.”

간사가 칭찬했다.

“오빠 말로는 유치장 밥은 입에 댈 수 없게 험하다고.”

“아니, 그럼 윤영립 군도 잡혀간 게 처음이 아닙니까? 큰일이군, 와세다 대학생 중엔 홍광표가 요주의로 찍힌 건 아는데… 이젠 윤영립 군까지? 통탄할 노릇이군요. 한국학생이 도쿄에 오면 나는 꼭 주의를 줍니다. 일단 한국청년이라는 걸로 경시청의 감시를 받게 된다고. 그런 처지에 급진서클에 관계하는 건 감옥살이를 하겠다고 자청하는 거나 진배없어요…….”

간사는 한탄을 늘어놓다가 결론 내렸다.

"일단 면회하고 변호사를 만나봅시다. 훈방 정도로 나올 수 있을지."

윤미려가 계산서를 요구하자 김신안이 얼른 가로채어 지불했다.

카페를 나와 히비야 쪽으로 걸어갔다.

다리 건너 저쪽에 하얀 대리석으로 지은 제국극장이 있고, 그 뒤 붉은 벽돌건물이 경시청이었다.

다리 앞에서 간사가 말했다.

"이렇게 우르르 몰려갈 필욘 없네. 나와 윤미려 양만 가도록 하지."

김신안은 아쉬운 눈치였으나 반박하지 못했다.

두 사람은 저만치 앞서 걸어갔다. 외투 밑으로 빠져나온 종아리가 늘씬하니 경쾌했다. 그 모습이 제국극장 그늘로 사라질 때까지 김신안은 다리 난간을 붙잡은 채 눈길을 돌리지 못했다.

홍광표는 공설시장 뒷골목에 살고 있었다. 고학생답게 허름한 동네였다. 개천 너머 저지대에는 공장들이 잔뜩 들어서 있어 굴뚝에서 나온 검은 연기가 동네로 흘러들었다. 좁은 골목엔 볕도 잘 들지 않았다. 방문 위에 붙은 문패의 숫자를 짚어서 방을 찾아냈다.

불쑥 찾아와 당돌하다고 여긴 모양이었다. 홍광표는 잡지를 훌훌 넘기면서 건성으로 상대했다.

"앞으로 윤영립은 요시찰 인물 중 갑(甲)호로 분류될 거야. 이번엔 유치장에 사흘 밖에 있지 않았으니, 부모 모르게 해결되었지만 앞으로는 어떨지. 부잣집 도련님이라 더 세게 단련돼야 하는데……."

우장춘은 자기 의견을 낼 처지가 아니어서 입을 다문 채 기다렸다. 결국 홍광표가 용건으로 들어갔다.

"그러니까 우 군은 흑룡회에 대해서 알고 싶단 말이지?"

"폐를 끼쳐 미안합니다."

다시 한 번 정중하게 고개를 숙였다.

"폐랄 거야… 흑룡회는 청일전쟁 무렵 활동하던 현양사라는 극우단체의 뒤를 이어 우찌다라는 사람이 결성한 거야. 흑룡회라는 이름은 일본의 국경을 만주 흑룡강으로 하겠다는 취지로 지은 거고. 일본 내에서는 민본주의 운동을 하지만, 대외적 목표는 일본이 한국과 만주, 나아가 중국과 시베리아까지 지배하는 것이네. 아시아가 서양의 침략을 막으려면 각국이 협력해야 한다고 선전하는데, 그에 현혹된 한국이나 중국의 혁명가들이 흑룡회와 손을 잡는 일이 종종 있지. 그러면 친구인 체하면서 일본의 세력을 넓혀가는 게 흑룡회의 상투적인 수법이고. 일본이 한국을 집어삼킬 때 뒤에서 크게 활약했다지. 요즘 만주에 가는 낭인들도 그 단체의 후원을 받는 경우가 많아. 그런데 왜 갑자기 흑룡회가 궁금해? 우 군에게 혹시 가입하라고 권유하던가?"

말끝에 붙은 물음은 분명 조롱이었다. 어리둥절했다. 일본인은 그렇다 쳐도 한국인들에게 경원당할 이유는 없다고 여겨왔다.

"난 한국인인데요? 거긴 일본인들만 가입하는 데잖아요?"

"우 군이 한국인이라는 게 정말이야?"

홍광표는 더욱 짓궂은 표정이 되었다.

"왜 그렇게 모욕적인 말을 합니까?"

우장춘은 분격해 부르르 떨기까지 했다.

"한국인처럼 뵈질 않으니… 사실 우 군을 한국인이라고 하기는 좀 그렇잖아. 김신안 군이 우 군을 데려왔을 때 나는 의아하더라고. 순진한 김신안은 무턱대고 내 동포라고 감격하고 끌어안기를 좋아하지."

홍광표가 냉소적으로 비꼬았다.

"난 경성에 호적도 있습니다."

"호적이 문제가 아니지. 가슴으로 한국인이라고 느껴야 한국인이야. 이 시대의 한국인이 당하는 고통을 공감하고 있어야 한다고. 한국인의 곤경을 곧 자기 곤경처럼 느껴야 하는 거라고. 그게 첫째야. 우 군은 정말 그런가?"

매몰찼다. 그는 항변했다.

"아버진 한국인이었어요."

"아버지가 한국인이면 우 군도 한국인일 수도 있지. 그러나 저절로 그리 되는 건 아냐. 한국인이라고 선택을 해야 한국인이 되는 거야. 우 군이 어떻게 선택하고, 어떻게 사느냐로 결정되는 문제라는 거야. 우 군이 진정 한국인이고 싶다면, 한국인의 눈으로 세상을 볼 수 있어야 돼… 그러려면 우선 한국말과 한국역사를 알아야겠지……."

홍광표가 진지하게 말했다.

한국인의 눈으로

우장춘은 한국말을 배운다고 끙끙거리다 손들고 말았다. 스스로도 납득되지 않았다. 이상했다. 알아듣기는 하겠는데 발음이 안 되었다.

"보꾸또 마누치 무유."

어렵사리 말을 해보이자 김신안이 눈을 휘둥그렇게 떴다.

"잠깐! 어느 나라 말이야?"

"한국말. 복도 많지 뭐요, 라고 해본 건데?"

김신안이 배꼽을 잡고 웃었다.

"그만둬. 한국말도 뭣도 아냐. 괴상해서 도무지 들어줄 수가 없네."

아무래도 받침을 끊지 못하고 모음을 붙여 발음하는 게 문제인 듯 했다.

또 한국역사에도 관심을 가졌다. 학업 때문에 본격적으로 시간을 내지 못했으나 사정이 허락하는 한 연구회에 갔고 가끔 국제정세 토론회에도 참석했으며 정치 강연회에도 가보았다.

게다가 김신안은 그를 귀찮을 정도로 자주 불러내어 이리저리 끌고 다녔다. 음악회며 무용회, 신파극 등등. 두 사람이 참석한 문화행사의 목록은 길고 다채로웠다. 김신안은 그러고도 시간이 남는지 영문 모를 작은 소모임도 혼자 기웃거렸다.

아마도 김신안은 윤미려와 사귀고 싶은데 한국학생들은 남녀구별이 엄격한 데다, 그녀의 태도가 워낙 도도해서 접근이 어려운 모양이었다. 그래서 그녀가 나타날만한 곳, 예를 들어 기독청년회의 기도회며, 여자친목회에도 가보는 눈치였다.

자신이 음치란 걸 깨달은 건 그 와중이었다. 김신안에게 끌려 창가 구락부란 서클에 들었다가 얻은 소득이었다.

노래를 부르는 일은 좋았다. 목청을 돋우다보면 흥이 났고, 서양노래인 창가는 자유롭고 박력도 있어 가슴이 탁 트이는 듯 했다. 그리고 대학 연합서클로 윤미려가 피아노 반주를 맡고 있어 일주일에 한 번은 그녀의 자태를 감상할 수도 있었다.

그럼에도 우장춘은 얼마 못 가 그만두었다.

"아무래도 우 형은 노래하는 게 고역이겠습니다?"

회장이 에둘러서 말했다. 지나가는 말처럼 내뱉었으나 실은 그만두라는 권유였다. 일본인들은 맞대놓고 상대의 결점을 지적하거나 거절하는 법이 없었다. 일본 관습에 익숙한 우장춘은 대뜸 알아들었다. 그동안 마음에 걸렸던 문제이기도 했다. 흥에 겨워서 부르다보면 음정이 틀리거나 이상한 소리를 내어 합창을 방해하는 자신을 알아채고 있었다.

우장춘은 흘깃 피아노 쪽으로 시선을 던졌다. 윤미려도 들었을 터였다.

'둘만 있는 자리에서 말해도 됐을 텐데.'

살짝 원망이 일어났다. 풀이 죽었다.

'그녀는 날 창가도 못 부르는 얼간이라고 생각하겠지?'

곧 자신이 문제라고 고쳐 생각했다. 회장도 전체를 위해 부득이 했을 것이다.

"그렇군요. 진작 그만둔다고 하면서도 미적거렸습니다. 폐를 끼쳤습니다."

담백하게 대꾸했다. 회장은 미안해했다.

"나도 섭섭합니다. 노래는 안 부르더라도 종종 놀러오세요. 반가울 겁니다."

자꾸 미련이 남아 뒤돌아보게 되었다. 스스로도 놀랐다. 자신이 이토록 노래에 애착을 가졌었나 싶었다.

사정도 모르고 김신안은 창가 구락부에 같이 가자고 떼를 썼다.

"혼자선 벌쭘해서 못가. 네가 안 가면 나도 그만둘 테야."

"창가회, 기도회, 봉사회… 헤매지 말고 하나로 정하지? 예수교 신자 어때? 일요일마다 메지로 예배당에 가면 그녀를 볼 수 있는데. 예배당에서 널 보면 윤영립 남매는 반가워할 거야. 길 잃은 양을 찾았다고."

"그것만은 안 돼. 종교의 자유는 소중하거든."

"20세기 청년의 임무, 연애를 하려는 참이잖아. 그러려면 종교 정돈 넘어서야지?"

"대장부가 아녀자 땜에 종교를 바꿀 순 없어."

대장부. 한국 남자들이 자주 입에 담는 말. 나오던 웃음이 쏙 들어가고 말았다.

봄기운이 짙어졌다. 누런 흙먼지 섞인 바람이 부는 흐린 날과 화창하게 갠 날이 번갈아 찾아왔다. 한밤중 창문을 열면 꽃향기가 훈풍에 실려와 혈관을 간지럽혔다. 마음이 들썽거렸다. 벚꽃이며 수수꽃다리, 온갖 꽃들이 피었다가 순식간에 스러지고, 유록색 어린 나뭇잎이 돋아나 점차 초록빛이 무성해졌다.

불쑥 김신안이 찾아왔다. 안색이 창백하고 열에 들떠 보였다. 마주 앉아 차를 마시는 잠깐 동안에도 안절부절 못하더니, 돌연 산책을 가자고 일어섰다.

"가슴이 터질 것 같아. 바람이나 쐬자고."

흙바람으로 하늘이 붉게 물들고, 드러난 살갗에 닿는 바람은 흙 알갱이를 품고 있어 따가웠다. 우장춘은 잠자코 뒤를 따랐다. 어슬렁어슬렁 걷다보니 어느새 메이지 회관 앞이었다. 그 건물엔 창가 구락부가 쓰는 연습실이 있었다. 그들은 회관 옆, 보랏빛 등꽃이 포도송이처럼 축축 늘어진 시렁 아래 털썩 앉았다. 김신안이 한참이나 헛기침을 하곤 우장춘의 손을 덥석 잡았다.

"용서해. 사실은 부탁이 있어 이리로 데려온 거야."

거의 애원조였다. 김신안의 양 볼이 타는 것처럼 빨갛게 달아올랐다가 하얘지곤 했다.

"더는 참을 수가 없어. 가슴이 터져버릴 거 같아. 나는 이렇게 열렬하게 연애에 불타고 있는데… 무슨 수든 내야 돼. 연모하고 있다고 고백해버릴 거야. 조금 있으면 연습이 시작될 테니 미려 씨는 먼저 나와 피아노 연습을 하고 있을 거야. 부지런하고 알뜰한 사람이니까 항상 미리 준비를 하지. 네가 들어가서 말 좀 전해줘… 뭐라고 하지? 그렇지, 내가 아프다고 해. 그럼 문병을 와줄 거야. 와주기만 한다면, 단 둘이 만날 수만 있다면… 난 고백하겠어."

거의 제정신이 아니었다. 김신안의 어깨를 잡아 세차게 흔들었다.

"지금 나더러 거짓말을 하라는 거야?"

"뭐 어때? 연애는 신성한 건데."

김신안이 얼빠진 표정으로 반문했다.

"거짓말은 못해."

"왜 못해? 우린 친구잖아. 친구를 위해선데… 음, 꼭 거짓말은 아냐. 실은 난 지금 몸이 아픈 거 같아, 머리가 뜨거워졌다 차가워졌다 하는 게 독감에 걸렸나봐. 하숙에 돌아가 누워야겠어. 요새 유럽엔 스페인 독감이 퍼져서 사람이 많이 죽었대. 독감은 정말 위험한 병이야. 가서 말해줘. 내가 아프다고."

횡설수설 떠들었다. 술 취했을 때만큼 아니었으나 보통 수단으로는 말릴 방도가 없을 듯 했다.

"곧이듣지 않을 걸. 일본엔 스페인 독감이 아직 안 퍼졌거든."

"아냐. 얼마 전에 죽은 시마무라 선생. 알지? 여배우 마쯔이와 연애에 불탔던 교수, 그 사인도 실은 스페인 독감이었대."

상대가 되지 않았다. 궁리하다가 김신안의 팔을 무지막지하게 끌고 회관으로 들어갔다. 실랑이가 벌어졌으나 잡은 손을 놓지 않았다.

윤미려는 나와 있었다. 텅 빈 연습실에서 또 다른 반주자와 피아노 의자에 나란히 앉아 소곤소곤 이야기를 나누고 있었다. 문소리가 나자 윤미려는 돌아다보며 방긋 미소를 던졌다. 김신안의 등을 떠밀며 귀에 속삭였다.

"자, 용기를 내. 가서 말해. 고백해. 이번 일요일에 우에노 공원을 같이 산보하자고 신청해."

김신안은 팔을 빼고 도망치려고 했다. 달아오른 뺨의 열기가 확 끼쳐왔다. 그래도 팔을 놓지 않고 피아노 앞으로 끌고 갔다. 다른 반주자가 번갈아 보곤 다 알겠다는 듯 빙그레 웃으며 일어섰다.

"이분들이 미려 씨에게 용무가 있으신 모양인데요? 그럼 저는 이만."

윤미려가 어깨만 돌리곤 턱을 살짝 치켜들었다. 눈꼬리에 반기는 기색이 살짝 떠올랐다. 김신안은 입을 못 떼고 후덜덜 떨었다. 결국 우장춘이 나섰다. 눈을 질끈 감고 빠르게 말했다.

"김신안이 시간을 내주기를 청한답니다."

김신안이 화들짝 놀라 얼간이처럼 마구 손을 내저었다.

"아냐, 아냐. 그게 아니라니까."

윤미려의 양 볼도 새빨갛게 달아올랐으나 표정이 짓궂어졌다.

"아니라는데요? 저더러 시간을 내달라고 청하는 분은 김 선생님이 아니고 우 선생님인가요?"

놀리는 말투였다. 그도 덩달아 얼굴이 빨개졌다.

"아, 아니. 내 말은… 김신안 군이 만나기를 청하는 겁니다."

"그렇다면 이따가 연습이 끝난 뒤에 말씀하시면 좋겠어요. 그때는 원하는 분이 직접."

"이따가는… 난 없을 겁니다. 지금 갈 거거든요. 노랜 그만 두었습니다."

생각지도 않는 말이 흘러나왔다. 한 번 용기를 내면 말은 술술 흘러나오게 돼있는 모양이었다. 윤미려는 눈썹을 살짝 찌푸렸으나 캐묻지 않고 우장춘을 그윽하게 응시했다. 놀리는 듯 한 미소가 사라졌다. 뒤늦게 김신안이 무안함을 달래려는지 우장춘의 소매를 붙잡고 늘어졌다.

"오늘은 노래를 부르고 가게. 네가 좋아하는 이태리 가곡을 할 차렌데."

"안 돼."

"왜 안 돼? 잠깐만 시간을 내."

윤미려가 실랑이에 끼어들어 진지하게 말했다.

"그만두셨으니… 우 선생님이 한국말을 안 쓰는 게 이상했었는데 이제야 납득했어요. 그 동안 오해도 많이 받았겠어요. 사실은 안 하는 게 아니라 못하는 건데요."

너그럽고 다정한 어조였다.

놀라 입이 헤벌어져서 한참을 바라보았다. 윤미려가 살짝 볼을 붉히며 해명하듯 덧붙였다.

"귀로 들리기는 하는데 발음이 안 따라주니 안타까웠을 거예요."

"그, 그걸 어떻게… 잘 아시네요?"

우장춘이 허둥거렸다.

"제 전공이기도 하니까요."

나라는 존재에게 그렇게나 관심을 가졌나, 생각하니 심장이 두근두근 했다.

도망치듯 나오고 말았다.

일요일이 다가오자 좀이 쑤셨다.

과연 김신안은 데이트 신청을 했을지, 윤미려가 승낙을 했을지, 그래서 두 사람은 우에노 공원을 산책할지 궁금했다. 두 사람이 나란히 공원을 거니는 모습은 이목을 끌 것이다. 둘 다 잘 생긴 데다 차림새도 멋진 개화청년들이니, 모두가 눈부셔 새삼 눈을 비비며 주목할 것이다. 궁금했지만 김신안에게 물어볼 수는 없었다.

뭉게뭉게 피어오르는 공상은 단호하게 끊어야했다.

'요즘은 청년들이 하도 자유연애, 자유연애 하니까, 나까지 전염된 모양이네.'

쓴 웃음을 지었고, 뒤돌아보지 않으려고 애썼다.

종의 기원

대학생활은 자유롭고 마음 편했다. 한국학생들과 어울리면서 많은 것을 배우고 깨달았다. 무엇보다 막연한 그리움이라 할 정도로 멀었던 조국과의 거리감이 성큼 좁혀진 듯해서 가슴 뿌듯했다.

조심성과 주의력을 총동원해, 이목을 끌지 않으려고 얼어붙었던 어린 시절은 끝났다. 겨울은 갔다. 이젠 살얼음판 건듯 긴장하지 않아도 된다. 그를 둘러쌌던 투명하지만 넘을 수 없던 얼음벽은 녹았다. 봄이었다. 우장춘은 거리낌 없고 활달해졌다.

1910년대 독립은 한국 유학생들와 민족적 자각과 결합되어 지고지순한 이상이었다. 어떻게 보면 유학생들의 세계관은 단순하기 짝이 없었다. 일본에 항거해서 독립의 염원을 품고 있으면 영웅호걸이고, 현실과 타협하면 일본의 개, 돼지였다. 대부분이 청년다운 과격함과 단순성으로 그렇게 독립의 이상을 토로하곤 했다. 그런데 홍광표나 윤영립은 달랐다. 견문이 넓고 생각이 치밀해서 자주 학우회의 토론에서 허점을 짚거나 반론을 제기했다.

우장춘은 홍 선배의 주장이 타당하게 여겨지는데도 호응을 얻지못하고 묵살당하는 분위기인 것이 마음에 걸렸다. 상의해 보면 김신안도 다른 학생들과 다르지 않았다.

"홍 선배는 지나치게 비관적이야. 부정적인 시각을 가졌어. 건설자동맹 분위기 때문인가. 같은 회원인 윤 선배는 보수적이기까지 하고… 그 서클에만 들어가면 다 그렇게 되나봐."

서클 탓까지 하면서 불평이었다. 우장춘이 반박했다.

"내가 보기엔 다른 이들이 현실을 모르는 이상론에 치우친 거 같던데? 감정적이고 근거가 없는 의견은 듣기엔 그럴싸해도 도움이 안 돼."

김신안이 펄쩍 뛰었다.

"이상적인 게 바로 현실적이야. 넌 우리학교 이보경 선배의 연설을 못 들어봐서 그딴 소리를 하지. 진보야말로 우리가 믿어야 할 이상이다! 지금 세계는 인도주의를 향해 진보하고 있다!"

진보는 1910년대 지식인들에겐 종교나 다름없었다. 생물학에서 다윈의 진화론이 나오자, 그것을 인간 사회에도 적용해서 국가나 사회도 우승열패, 약육강식의 법칙으로 발전한다는 사회진화론이 널리 퍼져 있었다.

"그런 논리라면 일본은 강자고 한국은 약자니까 식민지가 된 게 당연하다는 건데, 그건 인도주의와는 상충되잖아?"

우장춘이 반박했으나 김신안은 별개의 문제라며 손을 내저었다.

농학부는 더했다. 진화론은 절대적인 진리였다.

안도 코타로 교수는 희귀자료라며 약육강식하는 활동사진을 보여주기도 했다.

암막을 치지 않아도 어둑한 슈메이관 지하 2호 강의실, 깜깜한 교실에선 영사기 돌아가는 소리만 드르르 났다. 환한 아프리카 평원이 나왔다. 사자가 사슴의 일종인 누의 무리를 공격했다. 누들은 달아났고 약하거나 어린 누는 뒤에 처져 잡아먹혔다.

창문마다 친 암막을 걷은 다음, 안도 교수가 해설했다.

"이처럼 약육강식의 법칙으로 진화해왔다고 한다. 1869년, 다윈은 환경에 가장 잘 적응한 생물만이 살아남는다는 적자생존론을 내놓았는데 그걸 확대하여 스펜서란 학자는 사회 전반에 적용되는 보편의 원리로 사회진화론을 주창했다. 한마디로

요약한다면 국가나 사회의 약육강식 법칙, 만인에 대한 만인의 투쟁 상태가 그것이다."

우장춘은 갸웃거리다 손을 번쩍 들고 일어섰다.

"정말 약육강식이 보편적 원리일까요? 다윈의 진화론은 생물계의 일부분을 관찰한 이론에 불과하지 않을까요? 인간의 사회는 대체로 협동, 협력하기 때문에 발전하지 않습니까?"

교수까지도 입이 쩍 벌어졌다. 정적이 흘렀다. 학생들은 수군거렸다.

"재 뭐래는 거야? 전 세계가 감복한 『종의 기원』이 틀렸다는 거야?"

"감히 반론을 제기하다니!"

"세계적 석학 다윈보다 잘났다는 소리야?"

서서히 교수의 얼굴에 미소가 피어올랐다.

"조용, 조용. 발언을 끝까지 들어보자. 이론은 어디까지나 이론에 불과해, 언제나 반박될 수 있는. 의문점을 찾아 파고드는 건 훌륭한 학문적 자세다. 계속 말해보게."

우장춘은 평소의 의문까지 덧붙여서 발언했다.

"어떤 사회가 약육강식, 즉 만인에 대한 만인의 투쟁 상태가 되면 결국은 멸망하지 않습니까? 역사에는 그런 예가 많고… 작게는 한 가족을 봐도 그렇습니다. 가족 구성원이 서로 투쟁한다면 그 가족은 약해지다 해체되고 말 겁니다. 또 약자도태가 당연하다면 가족 중 약한 사람이 있다면 죽게 하나요? 아니죠. 보살펴서 같이 가죠. 협력하면 제 기능을 발휘해서 더 나아진다는 걸 아니까요. 그렇게 서로 돕고 협력할 줄 알기 때문에 인간은 만물의 영장으로 발전할 수 있었다고 봅니다. 그렇다면 다윈의 적자생존을 보편적인 이론으로 두루 적용하는 건 무리가 아닌가 싶습니다."

내내 교수는 콧수염을 비틀며 깊은 생각에 잠겨있었다. 이윽고 물었다.

"책에서 본 주장인가, 군의 생각인가? 벌써 다윈의 책을 숙독한 건가? 의문점을 찾아낼 정도로?"

중학 시절의 수학 선생이 떠올라 우장춘은 머뭇머뭇 대답했다.

"제 소견으론… 그냥, 어쩐지……."

교수는 한참이나 침묵을 지키다가 손뼉을 짝짝 쳤다.

"좋군! 좋네, 좋은 자세다! 그렇게 의문점을 찾아 파고들어야 연구가 되지. 맹목적인 신봉은 학문발전엔 장애다. 좋아, 군은 그런 자세로 앞으로도 열심히 해보도록."

안도 교수는 거듭 격려해주었다.

한여름 밤의 꿈

먼 북쪽나라에서 혁명이 일어났다는 소문이 퍼지기 시작했다. 청년들은 들떴다. 평소 정치문제와 거리를 두는 농학부까지 술렁거렸다.

"드디어 프롤레타리아들이 들고 일어났어. 앞으로는 평등과 자유의 시대가 올 거야."

아는 체 소신을 펼치는 학생이 있는가 하면

"혁명으로 사회가 뒤집어진다는 게 어떤 걸까? 일본이라면 지금 정부를 차지하고 있는 군벌들을 쫓아내고 민간인이 정권을 잡는 걸까? 그럼 천황제도 없어질까? 상상 안 되네."

"혁명이 일어나면 학교는 어떻게 되지? 공부는 부르주아적인 거니까 때려치우나?"

코앞의 일을 걱정하는 학생도 있었다.

홀린 것처럼 혁명 이야기만 했다. 혁명, 듣기만 해도 가슴이 두근거리는 단어였다. 세상이 뒤집히는 일이다. 지진이나 해일처럼 개인으로선 불가항력적 사태다. 농학부 구석에서 괭이질하고 작물을 키우며 현미경으로 염색체를 들여다보는 것도 집어치우게 될지도 모른다. 눈 뜨면 노상 되풀이해오던 일상이 새삼 낯설어졌다. 상상이 되지 않았다. 그런 알 수 없음에 젊은 가슴들은 더욱 설레었다.

"미지의 세계가 열리고 있다……."

시끄럽게 떠들고 있는데 조교가 들어와 교탁을 탁탁 쳤다.

"교수님 지시다. 비가 오니 실습은 생략. 또 하기 기자재 조사로 실험실 문도 닫으니 일찍 하교하도록."

함성이 터졌다. 애든 어른이든 수업이 없다면 일단 기뻐했다.

평소보다 일찍 학교를 나서려니 왠지 아쉬웠다.

우장춘은 몇몇과 어울려 아사쿠사로 갔다. 극장들이 늘어선 거리를 산책하다 영화를 보고나오니 저녁이었다. 비 그친 하늘엔 황혼도 없이 어둠이 깃들기 시작했다. 내친 김에 화려한 카페로 진출해서 시원한 맥주를 마시기로 했다.

"히비야 중심가에 아는 카페가 있는데, 거기 종업원들은 모두 미인이야."

호소가와가 앞장섰다.

"심히 속물스런 발언인데? 대학생은 최고 지성인, 그런데 여자 용모나 밝히고."

"지성인답게 고상한 취미를 길러야지. 예술적인 카페로 가자."

"고상한 카페는 심심할 거야. 싫어."

"종업원도 미인이고 고상한 데를 찾아보자."

모두들 한마디씩 떠들면서 거리를 휘으며 걸었다. 마땅한 곳을 찾지 못했다. 눈에 띄는 곳마다 누군가는 꼭 트집을 잡았고, 그러다 아무 데도 들어가지 못한 채 히비야 공원까지 오고 말았다.

캄캄해졌다. 공원 부근은 공기가 청량했다. 다들 지쳐버려 아무데나 들어가자고 아우성쳤다. 어떤 카페에서 〈황성의 달〉이란 유행가가 흘러나오고 있었다. 토론할 것도 없이 우르르 들어갔다. 자리를 잡고 보니 분위기가 초라했다.

불평이 나왔으나 일어서려는 사람은 없었다. 모두들 지친 것이다. 게다가 여성보다 더 홍분되는 혁명이라는 화제가 그치질 않았다.

"레닌과 트로츠키가 모스크바로 잠입했대. 감시를 피하려고 납땜으로 밀봉한 화물차를 타고 핀란드 국경을 넘었다는 거야."

직접 눈으로 본 것처럼 세밀하게 정황을 이야기하는 친구도 있었다.

"혁명이 말처럼 쉬울까?"

"아무리 더딘 것 같아도 생물이 진화하듯 사회도 진화하게 마련이야. 조금씩 조금씩. 눈에 띄지 않아도 변화는 지속돼. 그러다 뒤돌아보면 성큼 달라져 있거든."

갑자기 카페 밖에서 술렁거리는 소리가 들렸다. 출입구 주렴 뒤에 사람 그림자가 어른대더니 외침이 들렸다.

"히비야에서 잇큐(민중반란)가 일어났다."

학생들이 놀라 우르르 일어섰다.

"뭔 소리야?"

엉거주춤 서로의 얼굴을 쳐다보았다.

"신나는 일이 생겼다! 어서 가보자."

멈칫멈칫 눈짓을 주고받다가 일제히 뛰쳐나갔다.

잇큐가 일어났다는 외침은 골목골목으로 거듭 퍼지고 있었다. 가만 살펴보니 히비야 공원 쪽 밤하늘이 환하니 소란스러웠다. 함성 소리도 들렸다. 어지러운 발소리들이 몰려들었다. 그들은 더 상의할 것도 없이 뛰기 시작했다. 공원으로 다가갈수록 함성 소리가 커졌다.

가스등 불빛이 환한 공원엔 천명도 넘을 군중들이 나와 술렁거리고 있었다. 사람들이 한 명씩 궤짝 위로 올라가 선동하기 시작했다.

"어제 오사카 아사히신문사 사장이 낭인들의 습격을 받아 부상을 입었습니다."

"머지않아 백색테러가 본격화될 겁니다. 낭인회는 민주주의 기수, 요시노 선생을 국가의 적으로 지목하여 대대적인 습격을 모의하고 있다고 합니다."

"정부는 낭인들의 테러를 뒤에서 부추기고 있습니다."

군중은 힘차게 박수쳤다.

목소리를 합해 구호를 외치기 시작했다.

"헌정옹호, 벌족(閥族: 군벌과 재벌)타도."

경고가 울려 퍼졌다.

"해산하라. 곧 체포명령이 발동된다."

군중은 동요하지 않았다. 순사들도 저지선만 쳐놓은 채 별다른 움직임이 없었다. 몇 명 되지 않는 듯 했다.

"세계대전이 일어난 뒤로 물가는 나날이 올라서 서민들은 살 수 없는 세상이 되었습니다."

어떤 사람이 궤짝 위에서 본격적으로 연설하기 시작했다.

"6월엔 쌀 한 되가 40전이었는데, 7월엔 80전까지 올랐습니다. 방직 공장 노동자 하루 임금이 쌀 한 되 값입니다. 이래서야 서민들은 먹고 살 수가 없습니다. 후지야마 현의 부녀자들은 굶어죽느니, 배불리 먹고 죽겠다면서 쌀가게를 습격했습니다. 그 후로 전국의 쌀가게는 습격당하거나 불타고 있습니다.

이게 다 정부가 지주들을 위해 쌀 수입은 막는 데다 부자들이 매점매석으로 폭리를 취하기 때문입니다……."

함성과 박수, 점점 달아올랐다. 으샤으샤 목소리가 모였다. 사람들은 구호를 외치며 긴자쪽 출구로 몰려갔다. 경찰이 총검을 들고 지켰으나 숫자가 적어 순식간에 밀렸다. 저지선이 뚫리자 군중은 무작정 앞으로 내달렸다. 공원 밖 파출소에 이르렀다. 누가 먼저랄 것도 없이 공격하기 시작했다. 목재로 지은 파출소는 순식간에 목재더미로 변해 불이 붙었다. 밤하늘에 시뻘건 화염이 높이 치솟았다. 사람들은 더욱 흥분해 한 목소리로 헌정옹호와 벌족타도를 외치며 긴자까지 내달렸다.

"전쟁을 고집하는 군벌정부와 재벌 편만 드는 신문은 없애버리자."

선두에서 외침이 올랐다. 그 말은 거듭 되풀이되며 물결처럼 뒤로 퍼졌다. 재벌편이라고 알려진 오륙신문사를 목표로 걸었다. 장마철 무더위에 지쳐 거리에 바람 쐬러 나왔던 사람들까지 속속 합류했다.

문득 우장춘은 정신을 차리고 걸음을 늦췄다. 어느 새 농학부 친구들과는 떨어져 혼자였다. 망설이는데, 뒤에서 사람들이 등을 밀며 죄어왔다. 휩쓸려 떠밀리듯 걸어갔다.

오륙신문사 앞에 군중들이 빼곡히 모였다.

"사장은 책임 있게 나서라."

모두가 목소리를 모아 외쳤다.

"아사히신문 사장이 낭인들에게 당한 걸 갚아주마."

몇몇 창문엔 불이 켜져 있었지만 반응이 없었다. 신문사 앞 거리엔 끝이 보이지 않을 정도로 많은 사람들이 모였다. 점차 돌멩이들이 날기 시작했다. 와장창 건물 유리창이 깨졌다. 불붙은 나무토막이 날아갔다. 비명 소리가 났다. 사람들은 더욱 흥분해서 마구 고함치며 손에 닿는 건 뭐든지 집어던졌다. 순식간에 오륙신문사는 폐허처럼 변했다.

말발굽 소리가 났다. 해산명령이 외쳐졌고, 형사들과 기마경찰대가 출동했다는 말이 입에서 입으로 전해졌다. 사람들은 겁먹고 흩어지기 시작했다. 다들 갈팡질팡 마구 내달렸다. 도로 저편을 경찰이 막고 있었다. 사람들의 물결이 반대쪽으로 쏠렸다. 말 탄 경찰들이 곤봉을 휘두르며 사람을 깔아뭉갤 듯 내달렸다. 여기저기서 비명이 터져 나왔다. 곤봉에 두들겨 맞는지 퍽퍽 둔탁한 소리가 그치지 않았다.

경찰은 저지선을 단단히 쳐놓고 검문을 해서 한 명씩 통과시켰다. 주동자를 색출한다고 했다. 우장춘은 시내 지리에 익숙지 않은 데다 친구들과도 떨어진 터라 어디로 빠져 나가야 할지 몰랐다. 노동자나 학생으로 보이는 사람은 모조리 체포당하고 있었다.

유치장은 잡혀온 사람들로 가득했다. 우장춘은 오른쪽 두 번째 방에 넣어졌다. 어두웠고 숙연한 정적이 감돌았다. 모두가 숨소리까지 죽일 정도로 잔뜩 긴장하고 있었다.

“우장춘 군?”

캄캄한 안쪽에서 아주 낮게 그의 이름을 불렀다. 한참을 껌뻑이자 서서히 윤곽이 드러났다. 맨 뒷줄에 윤영립이 있었다.

“이리 와서 앉게.”

좁은 공간에 스무 명 넘게 앉아있어, 비오는 날 빽빽한 만원 전차를 탄 것처럼 훅훅 열기가 끼쳤다. 사람들은 땀내를 무럭무럭 풍기면서도 꼼짝하지 못하고 있었다. 무릎걸음으로 그 틈을 헤치고 윤영립 곁으로 갔다.

“공원에 바람 쐬러갔는데, 공교롭게 됐어.”

윤영립이 대범하게 말했다. 우장춘까지 속아 넘어갈 정도로 태연했다.

“홍 선배님은?”

“쉿! 주의해. 이 안에서도 엿듣고 고자질하는 사람이 있어. 피했어.”

귀에 입을 바싹 대고 속삭였다.

갑자기 비명과 숨넘어가는 소리가 귀를 때렸다. 취조실 문이 열린 듯했다. 사람들이 소스라치며 화들짝 자세를 고쳤다. 무거운 걸 질질 끄는 소리가 나더니 감방 문이 벌컥 열리고 사람이 내동댕이치듯 던져 넣어졌다. 그는 익사자처럼 시퍼렇게 퉁퉁 부었고, 기절해있었다.

"죽일 놈들! 벌써 물고문까지 시작한 모양이군."

윤영립이 부르르 떨며 이를 갈았다. 소름이 쫙 돋았다. 특고 형사의 고문이 잔인하다는 소문이 떠올랐다. 자꾸만 몸이 떨렸다. 윤영립이 그의 손을 힘차게 잡으며 소곤거렸다.

"겁먹지 마."

"괜찮을까요?"

"처음이지? 명심해. 한 번 내뱉은 대답은 똑같이 되풀이해야 돼. 말이 달라지면 취조가 더 잔인해져. 처음 잡혀오면 어리버리하다 나오는 대로 대답하는데, 그게 탈이야. 말이 조금이라도 틀리면 물고 늘어지다가 고문까지 하거든. 정신 단단히 차리게. 겁먹지 말고. 우 군은 도쿄제대 학생이고 처음이니 일반 노동자 다루듯 하지는 못할 거야."

그래도 기절해 시체처럼 쓰러진 사람을 보니 자꾸 몸이 떨렸다.

구두 소리가 저벅저벅 울렸다. 누군가 창살을 곤봉으로 드르륵 긁으며 지나가고 있었다.

"입 다물어! 근신하랏!"

테츠오였다. 그는 감방 앞에 걸음을 멈추고 마룻바닥에 쓰러진 사람을 곤봉으로 가리켰다.

"일으켜. 정좌시켜."

"기절했어요. 의식이 없습니다."

사람들이 짐짓 흔들어보였다. 테츠오가 창살 사이에 곤봉을 넣어 그의 발을 때렸다. 미약한 신음 소리만 났다. 테츠오는 분연히 양동이를 들고와 물을 좍 퍼부었다. 감방 안은 순식간에 물바다가 되었다. 테츠오가 이를 드러내며 히죽 웃었다.

"정신 드나? 정좌하지 않으면 계속 물세례다."

이어 곤봉으로 창살을 긁으며 사라졌다.

"순사도 아닌 게 더 악질이야."

사람들은 낮게 구시렁거리면서 바삐 움직였다. 습기 찬 날씨에다 수건이나 걸레가 있는 것도 아니어서 다들 옷을 벗어서 바닥의 물을 훔쳐냈다. 그런 다음 그 사람을 눈에 띄지 않도록 변기 쪽으로 당겨서 눕혀놓았다. 정리되자 다시 사람들은 서로 살이 닿지 않도록 조심하며 정좌했다. 눅눅한 데서 꼼짝도 못하고 있으려니 숨이 턱턱 막혀왔다. 그러면서도 깜빡깜빡 졸았다.

이튿날 아침에야 겨우 우장춘의 이름이 불렸다. 하도 오래 한 자세로 쪼그리고 있던 터라 무릎과 허리가 잘 펴지지 않았다.

통로 끝 취조실 문 앞에서 테츠오를 보았다.

"네가 이럴 수는 없지, 없어."

그가 마구 한탄했다.

"난 아무 짓도 안 했어."

우장춘은 가슴을 펴며 침착하게 대꾸했다.

"우리 경찰이 바본줄 알아? 아무 짓도 안 한 사람을 붙잡아 오게?"

"구경하다가 잡혀온 거야. 그냥 놀고 있었는데. 우리 농학부 학생들은 어딨나? 다 무사하겠지?"

"담도 크네. 이런 지경인데 남 걱정이나 하고. 너나 걱정해. 곤경에 빠졌어. 한국 사람인 것도 문젠데, 폭동에 가담하다니. 보증 서주신 스나가 선생이나 미우라 자작님의 은혜를 봐서도 절대 이럴 순 없어."

"아무 짓도 안했다니까. 그보다 농학부 친구들은?"

"일본 친구들은 놔두고 네 걱정이나 하라니까."

테츠오가 으르렁거렸다.

말 대로였다. 취조실에 들어서자 형사는 따귀부터 마구 때린 다음 질문을 퍼부었다. 국적이 한국이라는 사실을 들먹이며 불온분자라고 고함치며 말이 끝날 때마다 주먹질이었다.

"조센징 주제에 은혜도 모르고 설치다니."

우장춘은 따귀를 맞아 휘청거리면서도 서 있으려고 기를 썼다.

형사는 두 명이었다. 한 사람이 따귀를 때리고 책상을 치면서 으르면, 다른 한명은 달래는 투로 배후를 캐물었다. 취조실

바닥은 물로 흥건했고, 각목이며 막걸상, 주전자, 양동이 같은 것들이 어지럽게 널려있었다. 물고문을 할까봐 겁이 났으나, 하지 않았다. 봐주는 듯했다.

도쿄제대의 신인회란 서클에 대해 집중적으로 추궁 당했다. 같은 학교라도 아는 게 없어 대답하지 못했다. 성적, 교우관계도 샅샅이 진술해야 했다.

윤영립의 충고대로, 정신 똑바로 차리고 같은 질문에는 같은 대답을 하려고 애썼다.

취조 때 외에는 지루하게 시간이 흘러갔다. 땅과 같은 높이인 창밖 가운데뜰은 풀 한 포기 없이 자갈만 두텁게 깔려 있었다. 내다보면 비 그친 짱짱한 햇빛이 자갈에 반사되어 눈이 시리고 눈꺼풀이 쿡쿡 쑤셨다. 뜰 건너 회색 면회대기소 건물은 창이며 문이 활짝 열어젖혀져 있었다. 면회 온 사람들이 득실했다. 그 틈에 윤미려가 있었다. 반가워 발꿈치를 힘껏 쳐들고 창살에 얼굴을 댔다. 속으로 이쪽을 보라고 고함쳤다. 눈길을 마주치고 미소를 받고 싶었다. 윤미려가 창틀에 몸을 기댔다. 이때다 싶어 손을 창살에 대고 흔들었다. 시선을 붙잡지 못했다. 안타까웠다. 창살 밖으로 손을 쑥 빼서 흔들었다. 윤미려가 보고 소리쳤다.

"어머나, 우 선생님!"

중정 쪽 순사가 알고 달려와 창살 밖으로 내민 손을 곤봉으로 마구 때리기 시작했다. 윤미려의 비명 소리가 메아리쳤다. 대기소 수위가 그녀를 잡아당기며 꾸짖었다. 양복에 중절모를 쓴 남자가 나타나 말렸다. 시야에서 사라졌다.

꿈같았다.

저녁 배식 때 사식자 명단에 그의 이름이 있었다. 잘못 들었나 했는데 정말 도시락이 나왔다. 윤영립과 같은 가게의 것이었다. 그녀의 호의였다. 쌀밥에 호사스런 달걀말이까지 들어 있었다. 덥석 집어 입에 넣었다. 고소한 기름 맛이 입 안 가득 퍼졌다. 콧잔등이 시큰했다.

어머니는 그가 희운사에서 살 때 배를 곯았다면서, 가끔 동생 몰래 도시락에다 달걀말이를 싸주었었다.

"아무 일도 없어."

스스로 달랬으나 목이 메어 밥을 삼키기가 어려웠다.

식사를 끝내자 윤영립이 물었다.

"내 누이와 아는 사이야?"

그는 여전히 감격에 차서 말은 못하고 고개만 끄덕였다. 윤영립이라도 껴안고 열렬히 감사의 뜻을 표하고 싶었다.

"어떻게 알지?"

심상찮은 기색이었다. 놀라 새삼 살펴보니 윤영립의 얼굴엔 호의적인 구석이라곤 없었다.

"창가 구락부에서… 거기 반주자여서……."

당황해서 자꾸 눈치를 살피게 되었다.

윤영립이 길게 한숨을 내쉬었다.

"그랬군. 김신안이 열을 내어 좇아다닌다는 말은 들었지만."

더는 말이 없었다. 골똘히 생각에 빠져드는 기색이었다.

그 뒤로 윤영립은 거의 말을 붙이지 않았다. 반감이 전해져와 불끈했다.

'내가 상종도 못할 무뢰한이라는 거야, 뭐야? 누이하고 아는 사이라고 부루퉁하다니.'

아니, 오빠로선 당연한 조심성이다, 이해되기도 했다. 그래도 섭섭한 맘은 어쩔 수 없었다.

사흘이 지났다. 먼저 나간 학우들이 주선했는지 안도 교수의 의견서가 제출되었다. 테츠오가 귀띔해주었다.

"운 좋군. 그 의견서는 상부에서도 무시하지 못할 테니. 도쿄제대 교수에다 한때 대장성 대신으로도 물망에 오른 적이 있는 높으신 분이라면서?"

"봤어? 어떤 내용이야?"

"사상적인 문제를 일으킨 적이 없고, 성실하고… 장래를 기대하고 있단 말도 있고… 퍽 유리한 말을 써주신 모양이야."

기대하다니… 평소 안도 교수는 엄해서 속내를 짐작하기 어려웠는데, 한국학생인 자신을 좋게 보고 있다니, 감사했다.

"그 의견서 때문에도 널 봐줄 거 같아. 곧 풀려날 거야."

"봐주는 건 아니지. 아무 짓도 안했는 걸."

"아무튼 앞으로 일본의 은혜를 저버리는 일을 한다면 나부터가 용서하지 않아. 명심하는 게 좋아."

나흘째, 유치장에는 몇몇 일본인 노동자와 한국 사람들만 남았다.

우장춘은 단순가담으로 분류되어 풀려났다.

"저는 나가지만 선배님은 거취가 결정 안 났으니 걱정입니다."

그가 인사를 차렸다.

"난 이미 보호관찰로 분류되어 있으니까 특별히 더할 것도 없어. 이러나저러나 마찬가지랄까. 심해도 스가모 감옥에 이송되어 몇 달 징역살이를 하는 정도일 테지… 각오하고 있어."

윤영립은 얼굴을 찌푸리면서도 의연하게 대답했다.

"변호사가 징역살이를 할 거라고 합니까?"

"뭐, 가볍게 지나갈 수도 있고. 밖에서 다들 애써주니 잘 될 거야. 우 군은 안심하고 먼저 나가게……."

그러곤 윤영립은 무슨 말을 덧붙일 것처럼 우물거렸다. 기다렸다. 교도관이 나오라고 거듭 소리쳤다. 이윽고 윤영립이 어깨를 툭툭 치며 가볍게 말했다.

"어서 가보게. 다른 문젠 밖에서 만나 이야기하자고."

우장춘은 다시 한 번 인사하고 간수를 따라 나왔다.

화인

아이들이 철없어서 하는 차별이 지독하다고 생각했었다. 처지가 나쁘고 견문이 좁을수록 더 심하게 남을 차별하는 거라고. 그러니 어른이 되면 자연히 차별은 덜할 거라고 생각했었다. 그랬다, 대충은. 대학에 들어간 뒤로 우장춘을 한국인이라고 대놓고 차별하는 사람은 없었다. 대학생이라면 일본 사회에선 몇 안 되는 엘리트였고, 아무래도 어른은 아이들처럼 노골적이지 않기 때문일 것이다.

유치장에서 보낸 닷새는 우장춘으로 하여금 자신에게 한국인이라는 딱지가 피부에 문신처럼 새겨져 있어 아무리 지우려 해도 지울 수 없다는 사실을 깨닫게 해주었다. 일본이라는 나라를 대표해서 법을 집행하는 경찰은 그를 한국인이라는 이유

하나만으로 예비범죄자 취급을 했다. 엘리트 대학생이란 점도 도움 되지 않았다. 그들 눈엔 무조건 한국인은 열등한 민족이고, 언제 어떤 범죄를 저지를지 모르는 우범자였던 것이다. 식민지 국민이란 그랬다.

새삼 충격이었다. 한편으로는 자기에게 한국인이란 딱지가 붙었다는 사실을 확인한, 비로소 자기 길을 제대로 찾았다는, 야릇한 안도감도 느껴졌다.

몇몇 한국학생들이 마중 나와 있었다. 먼저 나간 농학부 학생들은 사방에다 알리고 걱정했다고 했다. 한국인이라는 이유 하나로 혹독한 며칠을 보낸 뒤여서 국적을 따지지 않는 그들의 우정에 가슴이 뭉클했다.

"더위에 고생이 많았어."

김신안이 위로했다.

"윤 선배는 아직도 안에 있는데……."

윤미려를 보기 겸연쩍어서 말끝을 흐렸다.

장마가 끝나 하늘은 새파랗게 높았고, 하얀 뭉게구름도 층층이 피어있었다. 잠자리도 날아다니기 시작했다. 불과 며칠인데도 유치장에서 한 계절을 보낸 기분이었다.

"윤 선배는 변호사가 있어. 틀림없이 기소유예일 테니 걱정 말래. 그보다 너 같은 백면서생이 어쩌다 폭동에 휘말렸어? 평소엔 말과 행동이 신중한 사람이."

김신안이 혀를 차며 놀라고 부러워했다.

"어땠어? 말해봐. 그날 밤 두 번째 연설이 굉장했다며? 다음 날 신문마다 대문짝만하게 났어. 군중들은 그 연설에 열광해서 경찰의 저지선을 뚫었다던데?"

"밤이고 멀리서라… 연사는 하세가와 선생 같았는데. 그인 어떻게 됐어? 요시노 교수는 괜찮아? 낭인들이 습격한댔는데?"

"하세가와 선생은 잠적. 요시노 교수는 워낙 유명 인사니까 함부로 못 건드려. 얘기나 자세히 해봐. 연설이 어땠는데?"

"말주변이 없어서 제대로 전하지 못하겠어. 쌀값 폭등과 재벌들 탈세를 나란히 얘기한 점이 사람들 마음을 움직였던 것 같아. 다들 먹고살기가 어려우니까 자기 발등에 떨어진 불처럼 들렸던 거지. 그처럼 학우회에서도 구체적인 사례를 들어가면서 토론한다면 현실에 발붙인 이론이 나올 텐데 싶었어."

곁에서 홍광표가 그 말을 듣고 열을 올렸다.

"옳아. 그게 바로 우리 학우회의 문제야. 토론은 구체적인 게 바탕이 돼야 해. 언젠가 우 군이 말한 것처럼, 농토를 빼앗겨 만주로 이주하는 동포들 사례랄지……."

윤미려와 시선이 부딪쳤다. 자기도 모르게 뒷걸음질 쳤다. 냄새가 고약할 터였다. 며칠 동안 목욕은커녕 세수도 못했다. 가만히 앉아있기만 해도 땀이 줄줄 흐르는 날씨인데 만원 전차처럼 사람을 빼곡히 넣어놓고 세수조차 허락하질 않았다. 변기를 비우는 당번이 돼야 겨우 손 씻은 물로 얼굴도 씻을 수 있었다.

"고생이 많으셨어요."

시선이 마주치자 그녀가 활발하게 인사를 건넸다.

"면목 없군요. 윤 선배님은 곧 따라 나갈 테니 걱정 말라고 하셨지만. 심려가 크겠어요."

비시시 웃으며 고개를 저었다.

"이런 일엔 단련이 됐어요. 오빠는 제가 도쿄에 온 첫 해부터 이랬거든요. 그래서 기숙사에서 나와 함께 사는 거죠. 말려도 안 되니까 이젠 아버지도 체념하시고 청춘의 반항이거니, 하며 두고 보자고 하실 정도예요."

"내가 보기에 윤 군은 댁의 아버님이 동대문 밖 저택을 처분하실 때까지는 계속 이럴 것 같군요. 죄책감 땜에. 그래도 댁의 아버님은 저택을 포기하는 것보다는 아들이 유치장에 드나드는 걸 구경하는 게 낫다고 여기시나 보죠?"

홍광표가 빈정거렸다. 그녀는 찔끔하면서도 기승스럽게 고개를 반짝 들었다. 시원스런 눈매에 원망이 가득 담겼다. 분위기가 얼어붙었다.

"이만 가보겠습니다. 학교도 급하고 교수님도 뵈어야 해서."

그가 얼버무리며 자리를 뜨려고 했다.

"같이 가. 나도 더는 볼 일이 없어."

김신안이 부상병을 부축하는 것처럼 우장춘의 겨드랑이에 팔을 꼈다. 햇살이 눈꺼풀을 따갑게 찔렀다. 질끈 감아도 시야가 환했다. 현기증 나는 밝음이었다.

"홍 선배 말이 뭐야? 미려 씨가 상당히 불쾌한 눈치던데?"

궁금증을 이기지 못하고 물었다.

"조만간 싸움이 날 것 같지? 같은 동포끼리. 그게… 미려 씨 부친은 애국지사로 이름난 양반인데, 한일합방 때 일본으로부터 합방하사금을 받았다는 게 최근에 드러났거든. 동대문 밖에 으리으리한 저택을 지었는데, 그 하사금으로 지은 거래. 까놓고 보니 이완용 같은 친일파였던 거지. 홍 선배는 이를 갈아. 윤정효는 이완용이보다 더 나쁜 놈이래. 애국자인 척 국민을 우롱했다고."

김신안이 소곤거렸다. 어느새 윤미려가 그들 뒤에 따라오고 있었다. 빠져주는 게 의리일 것이다. 그럼에도 선뜻 발길을 재촉하지 못하고 미적거렸다. 사식을 넣어줘 고맙다는 말은 하고 가고 싶었다. 그러나 말하면 김신안이 캐어물을 테고, 해명할 게 번거로웠다. 주저하다가 그냥 학교로 가겠다고 했다.

윤미려가 적극적으로 붙잡았다. 백합꽃 향기가 풍겨와 어질어질했다.

"두부는 잡숫고 가셔야죠."

"깜빡했어. 가자."

김신안도 붙잡았다.

"아냐. 어차피 난 술도 못해."

"술은 나하고 미려 씨가 마실 테니까 넌 두부를 먹으면 되지. 점심때라 배도 고플 거야."

국수집 포렴을 들추고 들어갔다. 옹색한 가게였다. 탁자는 몇 개 되지 않았고, 걸상 대신 나무 간장통을 늘어놓았다.

"날씨가 더우니 시원하게 소바로 시작할까?"

김신안이 땀을 훔치며 윤미려를 흘끔거렸다. 잔뜩 들떠 있었다.

'아, 이 친구는 반응 없는 연애에서 여전히 벗어나질 못하는구나.'

윤미려는 김신안에겐 흥미가 없는 듯했다. 그의 말을 톡 자르는가 하면 비꼬고 무시하기도 했다. 그렇게 반응이 시원치 않은데도 김신안은 깨닫지 못했다. 마주 앉아있다는 사실에 흥분해버려 횡설수설 떠들었다.

두부 접시가 비자 우장춘은 벌떡 일어섰다.

"벌써 가세요?"

그녀가 눈썹을 치켜떴다.

"미려 씨는 어디로 가십니까?"

우장춘이 선수를 쳤다.

"니콜라이 성당 쪽요. 레슨 받으러 가요."

"김신안과 같은 방향이군요. 바래다줄 겁니다."

우장춘은 못 박듯 말하고는 얼른 나왔다.

고맙다는 말을 하지 못한 게 영 찜찜했다.

'날 염치없는 놈이라고 여기겠군.'

'감사의 인사를 해야 할 텐데…….'

만나서 말로 하면 간단할 것이다. 그러나 김신안이 걸렸다. 편지를 보내는 건 더구나 아니었다.

'연애를 하겠다는 게 아닌데. 그냥 감사하다고 인사만 하면 되는데…….'

좁은 유학생 사회에선 남녀가 따로 만나기만 해도 연애에 불타고 있느니 연애박사라느니 뒷공론이 무성해지곤 했다.

우장춘은 종종 강의나 실습시간에 멍하니 딴전을 피우게 되었다.

실습지에서 일하는데 안도 교수가 그를 불렀다.

"호미는 놔두고 저기 있는 물주전자 좀 가져오게."

교수는 나무그늘 밑 맨땅에 털퍼덕 주저앉더니 밀짚모자를 벗고 목에 걸친 수건으로 땀을 닦았다. 주전자를 가져가자 컵도 없이 뚜껑에 물을 따라 벌컥벌컥 마셨다. 영락없는 농부였다. 사정을 모르는 사람이 본다면 최고의 명성을 가진 학자라고 생각하지 못할 것이다. 말과 행동이 소박했고, 학생들에겐 세심한 관심을 쏟았으며, 인정스러웠다.

그가 땅바닥을 툭툭 쳤다.

"군도 여기 앉아 잠시 쉬지? 볕이 따갑군. 사실 여름엔 해가 쨍쨍 내려쬐는 게 순리지. 그래야 생물들이 마음껏 성장하니까. 그런데도 여름이 덥다고 투덜거리는 건 인간뿐일 거야… 어떤가? 그 질문에 대한 답은 계속 찾고 있나?"

"예?"

"적자생존이 보편의 원리는 아닐지도 모른다는 문제제기. 자네발표를 듣고 깜짝 놀랐네. 사파리 활동사진을 보여주면 보통은 군소리 없이 받아들이거든. 문제제기를 한 학생은 군이 처음일세. 아니 학자들 중에도 여태껏 없었지. 만약에 생물이 투쟁이 아닌 협력으로 발전해왔다는 걸 입증할 수만 있다면 세계 학계가 경천동지할 거야… 기대되는데… 아니? 무슨 걱정거리라도 있나?"

"아닙니다."

"그렇게 뵈는데? 군처럼 우수한 학생이 쩔쩔 맬 정도면 난해한 고등 문젠가."

고맙기는 했으나 주시는 불편했다. 어쩌면 히비야 폭동 이후, 교수도 주의 깊게 살피고 있는지도 모른다.

"공연한 참견인지 몰라도 내가 할 수 있는 일이면 돕고 싶네. 아무리 고명한 학설일지라도 일단 물음표를 붙이고 탐구해보는 자세는 보기 드물지. 자기가 느낀 대로 거침없이 의문을 짚어내는 사람도… 다른 뜻은 없네. 그저 인재를 시시한 정치소동으로 잃고 싶지 않은 선생의 마음이랄까… 무슨 일인가?"

"고맙습니다만, 경시청 쪽은 별 문제가 없습니다… 다만, 고마운 사람이 있는데, 그 뜻을 어떻게 전해야 할지 몰라서요."

잠시 후 교수는 날카로운 눈빛을 누그러뜨리더니 무릎을 치며 웃었다.

"하하, 여성문제로군. 요즘 청년들은 청춘만세 연애만세를 외친다더니. 좋군 좋아."

"아닙니다. 그저 고마운 일이 있어서."

"어렵게 생각 말고 마음 가는대로 하게… 그렇지. 꽃을 보내면 어떨까? 여성은 꽃을 받으면 기뻐하지. 신기한 일이야. 꽃을 보면 기분 좋아진다는 게. 꽃을 본다고 배가 부른 것도 아닌데. 왜 그럴까 생각해봤나?"

"아름다워서……."

"여성도 아름다워서 보면 기분 좋아지나? 그러니 반드시 미인이라야 하고? 그래서 군은 정신을 못 차리고? 하하하. 꽃은 곧 결실이 있으리라는 자연의 약속이기 때문이라네. 원시시대부터 인간은 꽃이 핀 다음에는 과일이나 곡식 같은 먹을 게 생긴다는 사실을 수없이 학습해왔지. 그래서 꽃은 인간에게 맛있고 배부른 상태를 연상시키게 되어 기분 좋아지는 거라네…

아무렇든지. 꽃의 목을 댕강 잘라서 보내는 짓일랑 하지 말게. 온실에 가서 화분을 하나 고르지 그러나? 군의 가슴 속 여성에게는 어떤 꽃이 어울리려나?"

뭐가 그렇게 좋은지 교수는 웃음을 그치지 못했다.

고민은 단숨에 해결되었다. 화분을 선사하기로 했다. 꽃 선물이라면 카네이션을 최고로 쳤으나 흔했다. 특별하고 싶었다. 고심 끝에 백합으로 정했다. 봉오리 하나와 반쯤 벌어진 꽃송이가 있는 것을 택했다. 하숙으로 가져가 정성껏 화분을 닦고 남들 눈에 띄지 않도록 보자기로 잘 쌌다. 허전했다. 장식을 하고 싶었다. 서양영화에선 꽃 선물엔 화려한 리본을 달았다.

보퉁이를 들고 전차를 타러 가다 양품점 앞에서 걸음을 멈추었다. 진열창에는 서양에서 배를 타고 건너온 박래품들이 전시되어 있었다. 파라솔이며 핸드백, 화장품. 그중 나비 날개처럼 비칠 듯한 얇은 천으로 된 빨간 리본에 눈길이 갔다. 한참을 들여다보고 있는데 누가 등을 쳤다.

"어딜 가?"

호소가와였다. 반사적으로 보따리를 뒤로 감췄다. 호소가와는 빙글빙글 웃으며 등 뒤를 기웃거렸다.

"뭐야?"

"아무 것도 아냐."

“아무 것도 아니지 않은 것 같은데? 요즘 연애에 불타고 있지?”

“아냐.”

“그럼 그건 뭐야? 오전 내내 몰래 화분을 고르고 다니더니. 여성에게 꽃 선물을 하려는 거잖아? 누구야?”

“당치않아.”

“시치미는. 한 번 본 여성한테 홀딱 빠지면 안 돼. 여자구경을 못한 남자는 여자라는 생물을 보기만 해도 자기가 연애에 빠졌다고 착각하기 쉬워. 어떤 여잔지도 모르면서. 명심해. 인류의 절반은 여자. 이 세상엔 많은 여자들이 나랑 사귀려고 대기하고 있어… 어서 뛰어, 전차가 오는데. 내일 학교에 오면 이 형님께 소상히 아뢰는 것도 잊지 말고.”

급하게 뛰느라 반박하지 못했다. 전차를 타고야 얼빠진 것처럼 중얼거렸다.

“연애에 불타는 게 아냐. 감사의 뜻을 전하려는 것 뿐야.”

니혼바시에서 내려 메이지 극장 뒤편 동네로 갔다. 집을 찾아 초인종을 누르고 기다리자 하녀가 나왔다.

“별채에 사는 여학생요? 학교에서 아직 안 돌아오셨어요.”

그는 보퉁이를 든 채 엉거주춤 서있었다. 하녀가 웃음기를 가득 머금고 물었다.

“그건 별채 아가씨 드릴 건가요? 전해드리죠. 선생님 명함은

여기 들어있나요?"

청년들이 찾아와 선물을 주고 가는 게 늘 있는 것처럼 자연스러웠다. 그는 보퉁이를 건네주고 고개를 꾸벅 숙였다.

"명함은 없습니다. 우장춘이라고 전해주십시오. 감사의 인사입니다. 사식을 넣어줘서."

말을 다 맺지도 못하고 도망치듯 그 집 앞을 떠났다.

윤미려가 학교로 찾아왔다. 하필 실습지에서 일하고 있을 때였다. 한 학생이 뛰어와 여학생이 우장춘을 찾아와 수위실에서 기다린다고 했다.

"뭐? 여학생?"

모두가 손을 멈추고 웅성거렸다. 성급한 학생은 쇠스랑을 던지고 수위실로 달려가 정탐까지 했다. 돌아와선 굉장한 미인에다 세련된 신여성이라고 입에 거품을 물었다. 그런 여성이 찾아오다니, 우장춘을 다시 본다는 기색들이었다. 어깨가 으쓱해졌으나 한편 난감했다. 아직 해가 저물지 않아 사방이 환했고 실습이 끝나려면 한 시간은 더 기다려야 했다.

"여긴 우리가 맡을 테니, 어서 가서 씻기나 해."

서로 나서서 충고를 퍼부었다. 머뭇거렸다.

"나 같으면 삽을 내던지고 뛰어갈 거야. 숙녀를 기다리게 하는 건 실례야."

"아무리 급해도 냄새는 지워야지. 거름냄샐 풍기면 여성이 천리는 도망갈 걸."

"그저께 백합을 들고 찾아간 그녀지? 오, 마돈나여, 그대는 한 떨기 백합이로다."

호소가와가 너스레를 떨었다. 친구들은 와글와글 웃으며 그를 우물 쪽으로 떠밀었다.

"절대 그런 사이가 아니라니까. 오해하면 큰일 난다니까."

되풀이 변명하면서도 정성들여 얼굴과 손을 씻고 작업복도 걸레로 잘 닦았다. 옷을 갈아입을까 잠깐 망설이다 그만두었다. 여성에게 잘 보이려고 애쓴다는 게 쑥스러웠다.

윤미려는 수위실 옆에서 기다리고 있었다. 멀리서도 그 부근에 조명을 켠 듯 환해 금방 알 수 있었다. 남학생들이 진한 호기심이 담긴 눈길을 던지고 지나갔다. 자기도 모르게 가슴을 쭉 폈다. 어깨에도 힘이 들어갔다. 감색 스커트와 하얀 블라우스를 입은 그녀의 자태는 수수하면서도 우아했다. 하얀 구두를 신은 발은 귀여웠다. 그녀는 남학생만 득실대는 장소가 어색한지 시선을 떨구고 양산 끝으로 땅을 톡톡 치고 있었다. 다리가 떨렸다. 그녀 앞에만 가면 얼간이처럼 구는 김신안이 비로소 이해되었다. 다가가자 윤미려가 흠칫 코에 손을 댔다. 냄새를 다 지우지 못한 것이다. 갈아입을 걸, 후회됐다.

"실습 중이라서."

사과하자 그녀는 살짝 찡그렸던 미간을 펴며 고개를 끄덕거렸다.

"농학부라고 하기에 꽃이 가득 핀 정원을 상상했는데."

"꽃이 만발한 정원을 가꾸려면 누군가는 뒤에서 궂은일을 해야만 하죠."

"항상 적절한 말씀만 하네요."

윤미려가 감탄했다. 잠시 침묵이 흘렀다.

"이쪽에 올 일이 있어서 돌려드리려고."

곱게 접은 보자기를 건넸다. 맥이 풀렸다. 다른 볼일로 겸사겸사 들렀다는 데 왜 실망하는지 몰랐다.

"그 후 건강은 어떠셔요?"

"괜찮습니다. 저는 고문을 받거나 하진 않았어요."

"다행이네요. 오빠는 이번에 나온 뒤로는 내내 누워 지내요."

"그만하기 다행입니다. 크게 몸을 상한 건 아니겠죠?"

열성적으로 물었다. 윤미려는 고개만 끄덕일 뿐 자세하게 설명하려고 하지 않았다.

학생들이 자꾸 흘깃거리며 지나갔다.

그녀가 일어섰다.

"정거장까지 바래다드리죠."

섭섭해서 따라 나섰다.

저녁이 가까워져 햇볕이 수그러들었는데도 윤미려는 레이스

양산을 펼치더니 같이 쓰자고 했다. 고개를 저었다. 학생들이 가득한 거리에서 그럴 용기는 없었다. 한 노인이 놀란 듯 뚫어져라 쳐다보더니 고개를 설레설레 저으며 스쳐갔다. 흙투성이 작업복을 입은 자신과 산뜻하게 차린 신여성이니 어울리지 않을 거였다.

"꽃을 주셔서 기뻤어요. 더구나 화분이어서. 저는 평소 줄기를 잘라 꽃만 화병에 꽂는 게 잔인하다고 느꼈거든요. 아무리 말 못하는 식물이지만 목을 댕강 자른다고 생각하면 끔찍하잖아요? 전 백합을 좋아해요. 백합, 좋아하세요?"

시원스런 눈매로 무엇을 찾는 듯 그를 주시했다. 현기증이 났다.

"그게 아니고… 백합 같아서……."

"뭐가요?"

"그대가요. 백합 같습니다."

연애소설에나 나오는 그대라는 단어를 불쑥 뱉고 보니 얼굴이 홧홧 달아올랐다. 그녀의 얼굴에도 홍조가 가득 피어올랐다.

"있죠. 프랑스에선 귀족들이 자살할 때 백합꽃을 썼다는군요."

"꽃으로 자살요?"

"밀폐된 방에다 활짝 핀 백합을 가득 채우면 질식해서 죽게 된대요. 나도 어디서 들은 거에요. 꽃엔 관심 없나요? 농학부는 대체 뭘 공부하죠? 농사짓는 거? 이해가 안 돼요. 그런 건 학교에서 안 배워도 저절로 다 아는 거 아녜요?"

"농사짓는 기술도 기술이지만, 중요한 건 종자개발입니다. 더 나은 품종을 개발해서 더 손쉽게 재배해서 더 많은 수확을 할 수 있도록 하는 겁니다."

"그래서요?"

윤미려가 호기심으로 눈을 빛냈다.

잘 아는 문제가 나오자 우장춘은 자신감이 붙었다.

"앞으로 국제사회에선 식량문제가 중요해질 겁니다. 일본이 남아도는 인구를 한국으로 보내서 한국 한국 농민들의 토지를 빼앗고 만주로 내쫓고 있는 건 알죠? 그게 다 식량부족 때문입니다. 그러니 우리처럼 쌀을 주식으로 하는 나라에선 벼를 연구해서 기르기 쉽고 수확은 많은 품종을 개발한다면 국가 간 다툼도 해결될 수 있습니다.

농학자들은 많은 실험을 하고 있습니다. 원하는 품종을 개발하려고요. 육종학이라고 하는데 그게 제 전공입니다. 벼나 무, 배추, 감자처럼 식량자원이 될 수 있는 작물을 주로 연구하죠. 물론 꽃도 연구합니다. 식량문제가 해결돼 먹고살만한 시대가 되면 꽃을 감상한다든지 하는 취미도 중요해질 테니까요."

열 올려 설명하다 보니 어느새 전차정거장을 돌아 다시 학교 쪽으로 가고 있었다.

"정거장을 지나쳤군요. 돌아갑시다."

"알아요. 이번엔 제가 우 선생님을 바래다 드리죠."

윤미려가 웃으며 대꾸했다.

"왜요?"

"그러고 싶어서요."

"미려 씨는 전차를 타야 하니까 안 됩니다."

"학교 앞에 가면 우 선생님이 다시 바래다주셔요."

비로소 장난치고 있다는 걸 깨달았다. 난처해져서 머리를 긁적였다.

"여기서 그만 돌아가죠. 미려 씨가 전차 타는 걸 보겠습니다."

"서두르지 않아도 돼요."

"이러다 어두워지면 어떡합니까? 여성 혼자 밤길을 가게 할 수는 없습니다."

"여성 혼자는 안 된다는 게 세상 통념인가요, 아님 우 선생님 생각인가요?"

윤미려가 정색하고 물었다. 생각해본 적이 없어 말문이 막혔다.

"있죠. 일본의 문명개화는 배워야한다고 생각하지만요, 여성은 오직 현모양처로서 국가에 헌신하라는 일본의 여성관은 반대해요."

윤미려가 똑 부러지게 말했다.

"생각해본 적이 없어서… 그럼, 미려 씨도 신여성입니까, 여성해방을 외치는? 미려 씨는 『인형의 집』에 나오는 노라처럼 가정을 박차고 나가는 걸 찬성하나요?"

"가정이 나의 개성을 억압하면 당연히 그래야죠. 지금 한국엔 천재가 필요해요. 한국을 문명개화로 이끌 천재가 많아져야 돼요. 개성을 억압당하면 그 사람의 천재는 싹도 못 틔우고 죽어버릴 테니까, 그런 운명을 거부하는 게 선각자인 우리 유학생들의 의무라고 믿어요. 우 선생님도 농학의 천재라고 들었는데요?"

"괜한 말입니다. 나는 천재라든지 하는 건 꿈도 못 꿉니다. 그저 농학을 전공하게 됐으니까 배춧잎 하나라도 잘 개량해서 쓸모 있는 사람이 되려고 할 뿐입니다."

"바로 조국을 위해서 말이죠?"

"물론입니다. 조국을 위해서요."

"아아, 그래서 우 선생님이 다른 유학생들과는 달라보였군요."

"네?"

"정말요. 도쿄에 와 있는 한국학생들은 거의가 자신은 천재라고 으스대면서 민족을 선도할 거라고 호언장담하죠. 겸손하게 성의를 다하려는 자세는 없고. 주변을 두리번거리며 남이 나를 어떻게 볼까, 어떻게 하면 나를 알아주게 만들까, 하는 데 관심을 써요. 자기 확신이라곤 없이. 진짜 천재는 그러질 않죠."

그녀는 갑자기 심각한 분위기를 바꿔 명랑한 어조로 말했다.

"어떤 남녀가 있었어요. 여자 집까지 남자가 바래다줬더니 여자는 혼자 보낼 수 없다며 남자를 바래다줬겠죠? 남자는 위험하다고 다시 여자를 집 앞까지 바래다줬어요. 다시 여자는 우겨서 남자를 바래다주고……."

"바보들이네요. 그러다간 밤을 새워도 안 끝날 겁니다."

"그렇죠? 두 사람도 자기네가 바보라는 생각이 들었대요. 하지만 사람 마음은 이성보다 감정이 앞서잖아요. 그러니 문제죠. 그들이 어떻게 해결했는지 아세요?"

"글쎄요?"

"두 사람은 결혼해서 같은 집에서 살기로 했대요. 서로를 바래다줄 필요가 없도록. 어때요? 그 사람들, 영리하죠?"

윤미려는 까르륵 웃더니 뛰어가 버렸다.

경고를 받다

집으로 찾아와달라는 윤영립의 엽서를 받았다. 우장춘은 당장 메이지극장 뒷동네로 달려갔다.

하녀의 안내로 별채로 갔다. 윤영립이 마루로 나왔다.

"어서 와. 아직은 더우니 마루에 앉을까?"

목소리엔 풀기가 없고 수염이 짙었다. 병자 같았다.

"유치장에서 고초가 심했던 모양이죠?"

윤영립은 씁쓸한 표정으로 고개를 저었다.

"그냥 틀어박혀 있는 거야. 염증이 나서 바깥출입을 통 안했더니 아프다는 소문이 난 모양이지?"

윤영립은 길게 한숨 쉬며 입을 다물었다. 침묵이 버거웠다. 쉬 입을 열 기색이 아니어서 우장춘은 먼저 화제를 꺼내기로 했다.

요즘 대학생들 사이에선 민주주의의 기수 요시노와 군비강화를 외치는 낭인회의 대결이 화제였다.

"조만간 양쪽이 만나 정식으로 대결한답니다. 어느 쪽 연설이 사람들을 감동시켜 더 박수를 받느냐 하는 방식으로 결판낸다는군요."

"한국학생들은 당연히 요시노 선생 편이겠지? 인류평화의 관점에서 생각하는 양심적인 학자니까. 홍광표도 열렬히 따르고 있어서 툭하면 그분 얘기뿐이야. 참, 최근에 홍광표를 만난 적이 있어?"

"아뇨."

"홍광표가 새 모임을 만들 모양인데. 도쿄 고학생 동우회라고 일본에 있는 한국인 노동자와 고학생들이 모이려나봐. 큰일이야. 한국학생들이 모이기만 하면 경시청에선 촉각을 곤두세우는데, 거기다 노동자들까지 참여한다고 하면 감시가 심해질 게 뻔한데, 바보같이……."

"윤 선배는 홍 선배와 언제나 의기투합하지 않았나요?"

"예전엔. 요샌 자꾸 어긋나. 와세다에 이미 건설자동맹이 있는데, 굳이 한국학생들만 따로 깃발을 내걸 필욘 없잖아? 소득도 없이 경시청의 주목을 끄는 건 어리석어…… 홍광표의 언행은 점점 더 감당할 수가 없어."

윤영립은 한숨을 푹푹 내쉬며 과장되게 고개를 흔들었다.

"다른 문제도 더 있군요?"

윤영립은 팔짱을 끼고 망설이다가 무겁게 입을 열었다.

"요즘 홍광표가 우리 아버지를 비난하는 정도가 지나쳐서 분노를 참을 수 없네. 들어보게. 우리 아버지는 대한자강회 부회장까지 지낸 윤자, 정자, 효자, 성함을 가진 애국계몽운동가야. 이 씨 왕조의 마지막 과거시험에 합격한 후론 죽 애국의 길을 걸으셨어. 팔척장신, 젊어서부터 백발의 특이한 용모에다 웅변이 뛰어나 대중의 인기도 높아. 그런데 이번에 일본으로부터 합방하사금을 받았다는 소문이 났어. 사실인지, 내막이 어떤지는 아무도 몰라. 만약 진짜라면 부득이한 사정이 있었을 텐데… 홍광표는 아버지를 무조건 친일파요, 오천원에 나라를 판 매국노라고 매도하고 다녀. 우 군 생각엔 어때? 후배지만 생각이 깊고 신중한 사람이니, 의견을 듣고 싶어. 홍광표를 어쩌면 좋을까? 대결을 청할까?"

새삼 울분이 치미는지 목소리까지 떨렸다. 믿어지지 않았다. 홍광표가 친일파라면 물불 안 가리고 매도하는 건 알고 있었으나 그 정도로 경솔할 것 같지는 않았다. 양쪽 말을 들어보기 전이라 우장춘은 아무 대꾸도 하지 못했다.

"하긴 우 군이 참견할 문제는 아니겠지… 그보다, 유치장에서부터 고민하는 문제가 있어. 오해하지 마. 나도 부득이하니까. 우 군은 내 누이를 어떻게 생각해?"

윤영립이 정색을 하고 우장춘을 똑바로 바라보았다. 난처했다.

"훌륭한 여성이니 누구나……."

얼굴을 붉히며 쩔쩔매면서도 솔직하려고 했다. 이참에 털어놓고 교제를 허락받고 싶은 욕심도 났다.

"미려가 우 군에게 사식을 넣어준 걸 보고 많이 생각해보았네. 이해하려고 해봤어. 미려는 여성이지만 한국청년으로서 피가 끓을 테니 격려해줄 수도 있다고. 우 군 역시 마찬가질 테고… 그러고 보니 이것도 아버지가 문제로군… 우리 아버지는 개화한 양반이지만, 집안 문제만큼은 봉건적이셔. 만약 미려가 남성과 교제한다는 걸 알면 샅샅이 조사할 거야. 그러니 혹시 마음이 있었더라도 오늘부로 깨끗이 접도록 해. 소문이라도 나면 미려는 계속 도쿄에 남아 있지 못할 거야."

깜짝 놀랐다. 자신이 윤 씨네 남매에게 호의를 느껴온 만큼 윤영립도 마찬가지일 거라고 넘겨짚고 있었던 것이다.

"왜요? 난 기혼자가 아닙니다. 유학온 청년들은 한국에 부인을 두고도 여기서 여학생을 쫓아다닌다고들 하지만, 난 떳떳합니다. 그리고 미려 씨도 따로 정혼한 상대가 없는 걸로 아는데요?"

윤영립은 수염을 쓰다듬으며 멈칫거리다 말했다.

"정말 난처하군… 우 군의 사람됨이 바르고 성실하다는 건 누구나 인정해. 하지만 출신이 문제야. 우 씨, 성만 들어도 중인이라는 걸 알 수 있잖아. 게다가 일본인 어머니이고. 우리 아버지는 파평 윤 씨, 왕실의 외척인 유서 깊은 가문을 자부하시지. 같은 양반끼리도 명문인지를 가려서 사귈 정도야. 그런데 미려가 양반도 아닌 중인과 교제한다고 소문나면, 난리날 거야. 나도 오라비로서 감독을 소홀했다고 책망당할 테고. 그러니 앞으로 만나지 않겠다고 단단히 약조해줘야겠어."

간곡했다. 우장춘은 얼빠진 사람처럼 멍해졌다.

벌떡 일어섰다.

한국의 신분차별도 심각하다고 들었으나 그게 자신에게 해당될 줄은 몰랐다.

비감해져서 하숙으로 돌아갔다.

머리가 지끈거렸다. 방에 들어서자 무너지듯 누웠다. 손깍지를 껴 머리를 베고 천장을 응시했다. 일본인의 차별보다 가슴을 더 후벼파는 듯했다.

'같은 한국인끼리, 이럴 수도 있단 말인가?'

우장춘은 바람에 이리저리 쓸려다니는 막대기처럼 방바닥을 마구 뒹굴었다.

"손님이 오셨습니다."

누운 채 눈길만 돌려보았다. 테츠오가 서있었다.

"어서 일어나. 스나가 선생이 널 보자고 하셔."

테츠오는 앉지도 않고 재촉부터 했다.

"급해?"

"만사 제치고 데려오래. 단단히 화가 나신 거 같던데?"

짐작가는 게 없었다. 궁리는 그만두고 일단 세수하고 정신을 가다듬었다. 거울을 보니 눈가가 거무칙칙했다. 천천히 머리를 빗었다.

"요즘도 스나가 선생 댁에서 지내?"

"그 댁에서 나왔다는 말은 이미 했는데. 이제야 겨우 고스까이를 면할 참이야. 그래도 스나가 선생의 부탁은 거절 못해. 미우라 자작님과 막역한 사이거든. 너도 미우라 자작님을 알지?"

"전부터 자꾸 미우라 자작 얘길 하는데, 몰라."

"정말 몰라? 네 아버지와 친구라던데? 미우라 자작님은 소싯적 한국공사를 지내셔서 정계나 군부 쪽에 발이 넓으셔. 그러니 네가 나를 자작님께 추천해주면 좋은데. 그럼 내 출세가 빨라질 텐데."

어이가 없었다. 테츠오는 옛날 일은 까맣게 잊은 것 같았다. 우장춘은 그를 보기만 하면 절 생활과 괴롭힘 당한 게 떠올랐다. 그런데 추천을 해달라니, 정말 잊은 건지 상대의 기분 같은 건 아랑곳하지 않을 정도로 자기중심적이고 무신경한 건지… 한숨이 나왔다.

전차를 타고 가면서 테츠오는 절에서 같이 지낸 소년들의 근황을 늘어놓았다. 대부분 만주나 한국으로 갔거나, 가려하고 있었다. 먹고살기 힘들면 식민지로 가서 기반을 잡을 수 있다는 게 상식이었다.

"우리 중에 내가 가장 출세할 거야. 참, 너도 천하제일 도쿄대학생이니 앞날이 훤하군."

"과장하지 마. 전문 과정에 불과해."

테츠오가 어깨를 툭툭 쳤다.

"그게 그거지. 겸손할 거 없어. 그래봤자 너만 손해야. 주머니에 1엔이 있으면 10엔이 있는 척 큰소리 쳐야 돼. 그래야 사람들이 무시 못 하지. 넌 융통성이 부족해."

융통성이 아니라 허세겠지, 싶었으나 대꾸하지 않았다.

긴자의 한 요정에 닿았다.

안내를 받아 혼자 방으로 들어갔다. 정원 쪽 문이 활짝 열려있었다. 나무들이 무성히 그늘졌고 연못은 이끼 낀 푸른색이었다. 어릴 때 아라이 스님을 따라 도쿄로 오는 도중에 들렀던 옛 저택들이 떠올랐다. 제멋대로 자란 나무들로 음침하게 그늘이 졌고, 음험한 남자들이 우글거렸었다. 비밀스러운 음모의 냄새.

스나가가 나타났다. 대뜸 술을 권했다. 전에 없이 격식을 차린 깍듯한 태도였다.

"술은 못합니다."

"군이 요즘 술자리에 자주 어울린다고 들었는데?"

빈정거렸으나 잠자코 용건을 기다렸다.

"요즘 자넨 문제가 많더군."

학우회 문제임을 눈치재자 오히려 느긋해졌다.

'목적지에 닿으려면 지나치게 마련인 간이역이다.'

시선을 똑바로 들었다. 스나가가 헛기침을 했다.

"요즘 군의 행동이 상당히 우려스럽단 말이 들리더군. 여러 번 타일렀네만, 다시금 강력히 주의를 주겠네. 군이 대학을 다닐 수 있는 것은 다 여러분이 애써주신 덕택이네. 만약 그 점을 잊고 방종한 생활을 계속한다면 총독부의 지원이 중단될지도 몰라."

반박하려다 입을 다물었다.

'이 사람은 내가 한국인으로 살기로 한 걸 납득하기 어려울 것이다. 사람이란 자기 입장에서 생각하게 마련이니까.'

그렇다고 기죽을 필요는 없었다. 한국인으로 살겠다는 결정을 이해받을 수 없다고 해서 움츠러들 일은 아니었다.

스나가는 말을 계속했다.

"군은 성향이 불량한 한국학생, 즉 불령선인들과 어울려 수상쩍은 모임에 참석해서 경시청의 주목을 끌게 되었다고 하더군. 보증인인 나로선 그냥 넘어갈 일이 아니라고 생각하네."

"제가 어떤 불법을 저질렀는지를 지적해주세요."

"물론 아직은 법에 저촉된 적은 없지. 알아보니 성적도 좋더군. 안도 코타로 같은 권위자는 육종학자로서의 장래가 촉망된다고까지 하고. 허나 교우관계가 문제야. 요즘 군이 어울리는 윤모, 홍모 군은 요시찰인물로 경시청의 감시받고 있네. 게다가 군이 참석하는 학우회도 조만간 무슨 사단을 내리라는 건 불 보듯 뻔하고. 그러니 불령선인들과 관계를 끊고 비합법 모임에서 발을 빼게."

"그럴 순 없습니다. 저는 한국인이니 한국인들과 어울리는 게 당연합니다."

"군이 한국인이라고?"

돌연 스나가가 껄껄 웃었다. 모멸로 들렸다.

"한국인이라… 한국은 없어진 나라야. 없어진 나라의 국민임을 주장하는 건 망상 아닌가? 하나의 나라로 합쳐졌으니 이젠 일본인, 한국인 구별 없이 각자 자기 일에 충실하면 충분하지 않나? 오늘날 한국엔 두 종류의 인간이 있네. 하나는 무조건 일본에 반항하여 앙앙불락 불온한 행동을 일삼는 몰지각한 무리와 처한 현실을 받아들이고 자기 길을 개척하는 현명한 자들. 군이 사귀고 있는 한국학생들은 대부분 전자일세."

우장춘은 고개를 저었다.

'스나가는 모른다. 일본의 착취에 시달리다 못해 한국 땅을 떠나야 하는 보통 한국 사람의 고통을. 그래, 한국인 중 몇 명은 일본인처럼 살지도 모른다. 그러나 대다수 한국인은 한국인이란 이유 하나로 차별과 고통을 겪는다. 내가 당했던 이상으로.'

생각이 들끓었으나 굳이 반론하려고 하지 않았다. 같은 시간, 같은 땅에 산다지만 서로 다른 세상을 살고 있는 것이다.

"이제와 학생이 뭘 한단 말인가? 독립? 망상일세. 일본의 국력은 증가 일로에 있어. 이젠 만주, 중국을 넘어 아시아 전체를 집어삼킬 기세야. 예전에도 허약하기 짝이 없었던 한국이 이제와 어떡하겠나? 일본이 아니라도 강대국 식민지로 먹혔을 거야. 차라리 같은 황인종인 일본의 보호를 받는 게 낫지. 현실을 받아들여…… 내 집 양자가 되게."

스나가는 간곡하게 권했다.

'내겐 두 가지 소원이 있으니 하나는 한국이 부국자강하는 것이오, 또 하나는 아들을 얻어 저 세상에 갔을 때 조상님들을 떳떳이 뵙는 일입니다.'

불현듯 아버지의 말이 떠올랐다. 자기도 모르게 불쑥 말을 뱉었다.

"아버지의 나라가 저의 숙명이라고 생각합니다. 거기서부터 저의 인생을 개척해 나가려고 합니다."

스나가는 침묵을 지키다 조심스럽게 물었다.

"군은 아버지를 존경하는군?"

"바꿀 수 없는 사실은 순순히 받아들이고자 할 뿐입니다."

스나가가 깊이 한숨을 쉬었다.

"하지만… 군은 한국인들에겐 받아들여지지 않을지도 몰라. 안타깝군. 눈 질끈 감고 결단만 내리면 되는데… 안도 교수는 뛰어난 농학자감이라던데 일본인이 되면 연구에만 매진할 수도 있네."

"그보다 궁금합니다. 대체 선생님과 제 아버지는 어떤 관계입니까?"

"내게 묻지 말게. 난 몰랐으니까… 그땐 나나 자네 아버진 순진했었고. 한일 양국이 친구가 될 거라고 믿고 있었으니까… 암살은 미우라가 우리도 모르게 꾸민 음모였어. 판결도 낭인들의 난동이라고 났지. 그게 다야."

스나가는 더 이상 말하려 하지 않았다.

혼자두지 말라고 경고가 있었을까.

돌연 어머니가 도쿄로 올라왔다. 우장춘과 미리 상의하지 않았다. 아직 구례에서 학교를 다니는 동생도 그렇고, 물가가 턱없이 비싼 도쿄에서 어떻게 생활하려는지 걱정스러웠다. 어머니는 씩씩하게 아무 문제없다며 허름한 이층집을 세 얻어 이사했다.

"두 식구에겐 크지 않을까요?"

집세며 생활비가 걱정되었다.

"구웅서 알지?"

"한국으로 시집 간 작은이모의 아들요? 어렸을 때 큰 이모네 집에 자주 왔었죠?"

"이번에 함께 살기로 했다. 도쿄 고등상업학교에 들어갔다는구나."

"공부를 잘한 모양이군요."

"총독부 유학생 자격이라 시험을 치지 않고도 받아준 모양이더라."

총독부라는 말에 우장춘은 찔끔해서 어머니의 눈치를 살폈다.

어머니는 아들을 말없이 지켜보기로 한 모양이었다. 캐묻거나 잔소리하지 않았다. 여섯 살 때 민들레꽃처럼 살자고 약속한 후로 언제나 어머니는 꿋꿋하고 쾌활했다. 생활이 쪼들려도 불평하지 않았고, 소원해진 스나가 선생 문제도 입에 담지 않았다. 아침이면 커다란 보퉁이를 이고 행상을 나갔다가 저녁이면 때로 그보다 늦게 돌아와 부랴부랴 저녁밥을 지으면서도 짜증 한 번 내지 않았다. 밥상을 두고 마주 앉으면 그날 일어난 소소한 사건을 가볍게 이야기하며 웃었다.

이사하고 한시름 놓자 우장춘은 더욱 바빠졌다. 학업에 충실하면서도 학우회며 모임에 참여하려니 일분일초가 모자랐다. 그래도 어느 것 하나 소홀히 할 수는 없었다. 안도 교수 밑에서 농학을 열심히 공부하는 게 나중에 한국에 쓸모 있는 사람이 되려는 것이라면, 목전의 한국 독립 문제를 학업을 핑계로 외면하는 것도 양심에 어긋난다고 생각했다. 그는 한국인이라면 다 자기처럼 느끼고 자기처럼 살고 있을 거라고 생각했다.

윤미려와의 만남은 점차 버성겨졌다. 이틀에 한 번 만나던 게 닷새까지 간격이 뜨게 되었다. 또 오지 못하면 약속 장소에는 미안하다는 쪽지가 기다리고 있었고, 거기엔 덧붙여 다음 만날 약속장소와 시간이 적혀 실망을 달래주었었다. 그러다 그녀도 쪽지도 나타나지 않는 일이 생겼다. 대신 뒤늦게 엽서가 날아오더니, 나중엔 그런 엽서조차 끊어졌다.

윤영립이 누이를 학교 외는 나가지 못하게 감시한다고 했다. 심지어 여자 유학생 모임도 발을 끊었다고 했다. 더욱 가슴 철렁한 것은 한국집에서 약혼자를 도쿄에 보냈다는 소문이었다. 사실인지 알아볼 길이 없었다.

그의 영혼은 틈만 나면 니혼바시로 달려가곤 했다. 메이지 극장이 있는 번화한 거리를 지나면 큰 상인들이 살던 한적한 골목이 있다. 그 막다른 곳까지 가면 검게 칠한 널판벽의 이층집이 나온다. 쇠꼬챙이를 박은 높은 담과 층층이 다듬은 향나무와 섬잣나무 대열을 넘어가면 닿게되는 작은 별채. 거기에 윤미려가 살고 있었다. 그집 풍경을 머릿속에서 자주, 그리고 어찌나 절절히 그려보곤 했던지, 몸이 없어져도 영혼은 남아 그 집 앞을 서성일 것만 같았다.

가을이 깊어지면서 몸도 따라 그 집 앞을 오가게 되었다. 골목을 오르락내리락 하다 대문 앞에서 걸음을 멈추고 초인종을 누를 뻔 하기도 했다.

윤영립은 경고했다.

"누이를 만나는 게 눈에 띄기만 하면 가만 두지 않겠어."

대문기둥 그늘에서 한참을 머뭇거리다 그냥 돌아서곤 했다.

그믐이 가까워 유난히 캄캄한 밤이었다. 그날따라 쉬 발길이 돌려지지 않았다. 전봇대 뒤에 서서 대문만 뚫어져라 지켜보고 있었다. 윤미려가 외출했다가 들어간다면 붙잡아 말을 나누고 싶었다. 인적은 점점 드물어졌다. 어쩌다 사람이 나타났다. 한참을 살펴보았다. 윤미려가 아니었다. 걱정이 몰려왔다.

어쩌면 도쿄를 떠났을지도 모른다. 억측을 부풀리다 보니 심장이 점점 거칠게 뛰었다.

문득 인력거 두 대가 달려와 그 집 앞에서 멈췄다. 앞쪽의 휘장이 걷히고 중절모를 쓴 키 큰 신사가 내렸다. 뒤의 인력거에다 대고 말했다.

"어서 내리라니깐."

윤미려가 모습을 드러냈다. 멈칫했다. 본능적으로 뛰어나가려는 발길을 지그시 누른 채 전봇대 뒤에서 지켜보았다. 인력거들이 떠나기도 전에 두 사람은 대문 안으로 사라졌다. 순식간이었다.

뚜우, 나팔소리가 밤하늘에 메아리쳤다. 곧 전차가 끊어질 터였다. 윤영립을 미워하려고 해보았다. 노동자처럼 허름하게 차리고서도 담배는 비싼 러시아제를 피우고, 고급 카페에 드나드는 이중성을 속으로 비난해보았다. 입으로는 민주주의, 인도주의를 부르짖으면서도 사생활에선 봉건적이라고 분개하기도 했다.

혼자 억울해 하고 성내봐야 소용없는 노릇이었다. 아버지까지 도쿄에 와 있다면 그녀를 위해서도 조심해야 했다.

그의 숙명

매년 가을, 학우회에선 정기토론회가 열렸다. 간따의 조선기독청년회관에는 '세계대전과 한국청년의 길'이라는 펼침막이 내걸렸다.

우장춘은 사촌동생 구웅서를 데리고 토론회에 갔다.

토론회의 스타는 이미 작가로도 명성을 떨치고 있는 와세다 대학의 이보경이었다.

"…세계 각지에서 진보의 불길은 활활 타오르고 있습니다. 얼마 전 오스트리아에선 합스부르크 왕가를 무너뜨리고 왕을 대신할 대통령을 뽑았다고 합니다. 독일에서는 스파르타쿠스 노동자단이 베를린 시가전을 벌였고 영국 런던에서는 대규모의 시위가 일어났답니다. 봉건제도는 비 젖은 토담처럼 무너지고 있는 중입니다. 민중의 힘에 세계는 인도주의로 한걸음씩 나아가고 있습니다. 앞으로 인도주의는 민족자결주의가 되어, 약소국도 강대국의 억압에서 벗어나게 될 것입니다. 따라서 한국도 머지않아 일본 식민지에서 독립할 것입니다."

열렬한 박수갈채가 터졌다.

사회를 맡은 회장도 감동에 떨며 상기된 어조로 말했다.

"과연 한국 제일의 천재다운 발언이었습니다. 그의 말대로 인도주의가 곧 도래할 것을 믿습니다. 다음은 도시샤 대학 민병국 군의 발언이 있겠습니다."

"민병국? 첨 듣는데?"

우장춘이 김신안을 돌아다보며 물었다.

"얼마 전에 도쿄에 온 학생이야. 천재라는 소문이 자자해. 왕실의 외척인 민 씨네 장손으로 어려서부터 기대를 독차지해 왔다더군."

"윤영립 선배 집안도 왕실의 외척이랬는데."

민병국이 단상에 올라가더니 분연히 웅변을 토했다.

"비록 우리나라 왕실은 아니지만, 외국 왕실이 무너졌다는 소식에 이렇게 기뻐하다니, 나라 잃은 국민으로서 참람된 일입니다. 독립이 무엇입니까? 바로 왕실을 도로 세우자는 게 아닙니까?"

청중들이 깜짝 놀라 술렁거렸다.

"왕실을 복원해? 뭔 소리야?.

누군가 손을 들고 반박했다.

"왕조시대로 돌아가자는 겁니까?"

"당연하죠. 왕이 없다면 나라도 없습니다."

민병국이 눈썹을 모으며 단언했다.

"조선왕조 밑에서 국민들이 얼마나 고통당했는지 잊었단 말이오?"

"앞으로 나라의 주인은 국민이요."

"선각자로서 그런 발언은 타당하지 않소. 인류가 지향하는 만민평등의 민주주의가 우리의 나아갈 바요. 봉건적 발언을 취소하시오."

항의가 들끓었다. 민병국은 물러서지 않았다.

"일본을 보시오. 일본은 천황을 모시고 민주주의를 합니다."

홍광표가 분연히 나서서 질타했다.

"시대정신을 후퇴시키는 발언입니다. 천황에게 헌신을 강요하는 지금의 일본은 민주주의가 아닌 군국주의요. 군국주의는 자국뿐 아니라 주변국에도 큰 재앙입니다. 민주주의는 국민 모두가 주인이라는 뜻이며 이건 거스를 수 없는 역사의 흐름입니다."

설왕설래, 토론회는 시끄럽기 짝이 없었다.

구웅서가 슬그머니 일어나 뒤로 갔다. 돌출 행동에 놀라 우장춘도 따라갔다.

"왜 그래?"

"더 들어볼 것도 없어. 형은 농학부에 다닌다기에 벼 낱알이나 세고 있는 줄 알았더니 어쩌다 이런 주의자들과 어울리게 된 거야?"

깜짝 놀랐다. 개혁을 주장하는 청년학생들을 싸잡아 주의자라고 하는 건 일본 경찰의 전매특허였다. 일본 경찰은 군벌 지배의 정부를 반대해서 민주주의를 외치는 이들을 뭉뚱그려 주의자라고 부르고 있었다.

"모두가 민족의 앞날을 걱정하는 건데?"

"인도주의니 독립이니 하지만 사실은 다 같은 거지 뭐. 불온해."

"내 나라 내 민족의 독립을 바라는 게 불온해?… 넌 우리가 식민지로 고통 받고 있는 게 아무렇지도 않아?"

"내가 어떻게 해볼 수 있는 문제가 아니잖아? 내가 어쩐다고 뭐가 달라져? 형은 무슨 덕을 보겠다고 이런 데 열을 올려?"

구응서의 질문이 아이 같이 느껴져 그는 피식 웃고 말았다.

"내가 덕 보지."

"무슨 덕?"

"내가 행복하잖아."

"행복해? 어이가 없군. 경찰의 주시를 받는데도?"

"그건 조금 불편하지만 별 거 아냐. 중요한 건 내가 행복한가 하는 거야. 생각해봐. 누구를 위해서 한다는 생각은 버려… 사람은 언제 행복하지? 어제보다 오늘, 조금이라도 더 자기답게 살고 있다고 느낄 때지? 그렇지? 나는 내가 한국 사람답게 산다고 느낄 때 행복해."

구응서는 완강했다.

"궤변이야. 도쿄에 오기 전 아버지가 주의를 주셨어. 도쿄에는 불온분자가 설치니까 조심하라고. 불온분자들은 제 세상이라도 만난 듯이 날뛰는데, 조만간 철퇴가 내려질 거래. 국제사회의 이목도 있고 해서 잠시 두고 보는 거라고. 난 학교공부나 열심히 해서 먹고 살 길이나 찾으면 그만이야."

"그럼 먹고살지는 몰라도 행복하진 못할 거야. 밥 먹는 것과 사는 건 다른 거야."

열심히 설득했으나 구응서는 고개를 젓고 가버렸다.

체한 것처럼 가슴이 답답했다.

혼자 남았다. 김신안을 찾아다녔다. 회관은 학생들로 꽉 차서 혼잡했다. 도중에 홍광표와 마주쳤다.

"구응서를 데려온 게 우 군인가?"

힐난하는 투였고 표정이 좋지 않았다.

"이종동생인데… 왜요? 한국인입니다. 나보다 진짜예요. 한국에서 태어나 자랐고……."

홍광표가 말을 가로챘다.

“난 우 군이 일본 출생이란 게 흠이라고 생각하지 않아. 우 군은 확실히 한국인이야. 한국인의 눈으로 세상을 보니까. 그러려고 늘 노력하지, 우직하고 성실하게. 그래서 난 군에 대해 구구하게 뒷말을 해도 개의치 않는 거야. 하지만 구응서는 달라. 그의 아버지에 대해선 나도 들은 게 있으니 대신 변명할 건 없어.”

바쁘게 가버렸다. 이상했다.

김신안을 찾아내어 불만을 털어놓았다.

“그렇지. 홍 선배는 독단적인 데가 있지.”

김신안이 맞장구쳤다.

“운만 떼고 설명 안 하는 건 상대를 무시하는 거잖아. 말해 줘봐야 넌 모른다, 그런 느낌? 애먼 사람을 두고 왜 그러는지.”

“정말 몰라? 홍 선배는 친일파라면 이를 갈아? 할아버지는 을사조약에 항의해서 자결하셨고, 아버지는 왜놈 치하에서는 살 수 없다고 만주로 가셨대. 집안 내력이 그래. 그런데 네가 구응서를 데려온 거야.”

“구응서가 왜?”

“아버지가 총독부 형무총감이라며? 먹고살려니 어쩔 수 없어서 왜놈 밑에서 관직을 맡는다 해도, 형무총감은 정말 아니잖아? 왜놈의 개가 되어 동포를 괴롭히는 고등계 형사 이상으로 악질인데.”

말문이 막혔다. 생각이 미치지 못했다. 변명이 나왔다.

“집안! 가문! 그거야말로 우리가 타파하려는 봉건제도잖아? 그래, 지금 우리는 아버지 세대가 잘못해서 나라를 빼앗기고 고통당하고 있어. 그래서 우린 일본학생에 비하면 짐 하날 더 짊어진 거고. 나라를 되찾아야 한다는 임무. 그러니 더 분발하고 힘을 합쳐야 하잖아. 집안이니 아버지니 따져서 분열하는 건 아니라고 봐.”

김신안이 씩 웃으며 등을 툭툭 쳤다.

“옳아. 다만 홍 선배는 앞으로는 더 조심해야 하기 때문에 그럴 거야. 전쟁이 끝나면 학우회는 이렇게 느슨한 친목모임으론 안되거든. 독립을 위해 활동하려면 전열을 재정비해야 돼.”

학생들이 삼삼오오 흩어졌지만 우장춘은 회관을 나서지 못하고 서성거렸다. 윤미려와 말을 나눌 기회를 엿보았다.

윤미려 뒤엔 윤영립이 굳건히 지키고 있어 선불리 다가갈 수가 없었다. 더구나 왕조복원과 국민국가로 의견이 분열되어 시끄러워지자 민병국은 윤영립과 의기투합했고, 학생들도 새로이 등장한 인물을 좇아 그리로 몰려들었다. 민 씨네는 고종왕비, 윤 씨네는 순종왕비, 둘 다 다 왕실의 외척이라 말이 통하는 모양이었다. 시끌벅적 활기가 넘쳤다.

주변을 맴도는 우장춘에게로 문득 민병국의 시선이 머물렀다. 옆사람과 귓속말을 주고받더니 갑자기 얼굴이 붉으락푸르락 험상궂게 일그러졌다. 민병국은 말리는 손길을 뿌리치며 그에게로 성큼성큼 다가와 큰소리로 꾸짖기 시작했다.

"네 놈이 바로 역적 우범선의 아들이렷다?"

대뜸 하대였다. 대꾸할 새도 없이 민병국은 속사포처럼 말을 퍼부었다.

"감히 어딜 나타나? 역적은 삼족을 멸하는 법, 목숨을 부지했으면 부끄러운 줄 알고 근신해야 하거늘. 감히 얼굴을 들고 나타나다니!"

진심 격분하여 말소리까지 부르르 떨렸다.

"왜 이럽니까?"

학생들이 빙 둘러쌌다. 민병국은 더욱 언성을 높였다.

"왕비마마가 내 재당숙모시다. 을미년, 우범선이 마마를 시해한 왜놈들과 일본으로 도망쳤기에 사람을 보내 죽였는데, 그 종자가 남았을 줄이야! 마마께서 저 세상에서 아시면 얼마나 분통해 하실까. 이 자의 목을 따는 사람이 없다니… 말로만 애국을 떠들 뿐, 진정한 충신은 없는 게로다."

"고리타분하기는. 민병국은 한시바삐 개화해야 돼. 민비는 나라를 말아먹은 원흉이잖아."

"어쨌든 왕비가 일본깡패에게 죽임을 당한 건 나라의 수치야."

"민비는 과오가 커. 매관매직으로 국고를 거덜 내고 탐관오리를 양성해서 국민들을 도탄에 빠뜨렸고, 번번이 개혁을 수포로 돌아가게 만들었지. 임오군란 때도 우리 군인들이 젤로 죽이려고 했던 게 바로 민비였어."

"공과가 어떻든 왕비살해를 도왔다면 역적이야."

학생들은 수근거리며 성나서 부들부들 떠는 민병국을 말렸다.

"이 자는 일본여자 소생이라 한국인도 아냐. 상대할 가치도 없네."

말리는 그 말이 우장춘은 더 아팠다.

"더 시끄럽게 만들지 말고 우 군이 가는 게 좋겠네."

간사가 우장춘의 등을 떠밀었다. 윤미려 쪽을 힐끗 보았다. 그녀도 몇몇 다른 이처럼 외면하고 있었다.

비가 내려 실습이 취소되었다.

정신을 차려보니 메지로 음악학교 앞에 서있었다. 정문이 빤히 보이는 과자점 차양 밑에서 하염없이 기다렸다.

우산을 쓴 여학생들이 재잘대면서 교문을 나왔다. 목을 쭉 빼고 살폈다. 추녀에서 떨어지는 낙숫물이 모자챙을 타고 주르르 목깃을 적셨다. 머릿속은 하얗고 뜨겁고 번쩍거리는 빛으로 가득 차 있었다. 오직 만나야겠다는 일념뿐이었다. 가로막는 벽이 있다면 하나씩 다 밀어뜨려서라도 찾아내고 말 것이다.

흠칫 떨렸다. 몸이 먼저 그녀를 알아차렸다. 윤미려가 검정 박쥐우산을 쓰고 친구와 이야기를 나누며 교문을 나서고 있었다. 뛰어나가 앞을 가로막았다. 윤미려가 놀라 우산을 뒤로 젖혔다. 어깨에 걸친 숄이며 악보철이 스르르 미끄러졌다. 뜨겁게 마주 보았다. 그녀의 눈엔 자줏빛 그늘이 져있었다. 지친 것 같았다. 용기가 썰물처럼 빠져나갔다. 그녀의 고민이 아프게 느껴졌다. 원망과 그리움이 북받쳐 눈물이 핑그르르 돌았다. 둘 다 쉽게 입을 떼지 못했다. 한참 뒤 윤미려가 말했다.

"이런 데선 대화를 할 수 없어요. 오늘은 그냥 가세요. 자세한 건 편지로 쓸게요."

그는 입도 벙긋 못한 채 머뭇거렸다. 먼저 윤미려가 돌아서서 갔다.

'내 말은 들어보지도 않고 가네. 한 마디도 못했는데…….'

눈앞에 비의 장막에 가린 듯 흐려졌다.

비가 내려 거리가 혼잡했다. 인력거와 자동차들이 뒤엉켜 뻥뻥 경적을 울렸다. 운전수며 인력거꾼들이 서로 욕하며 먼저 가겠다고 난리쳤다. 저만치 걸어가던 윤미려가 떠밀리듯 넘어졌다. 게다 한 짝이 차도로 뒹굴었다. 그는 뛰어가 게다를 붙잡았다. 운전수가 내다보며 투덜거렸다. 윤미려는 친구의 부축을 받고 자세를 바로잡았다. 일본 옷의 아랫자락이며 버선이 흙탕물로 젖었다. 그는 허리를 굽혀 그녀 앞에 게다를 놓았다. 윤미려는 얼굴이 새빨개져서 깨금발을 든 채 서있었다.

"내가 중인이라고 반대합니까? 내가 우범선의 아들이라고 욕해요?"

윤미려가 보일 듯 말듯 고개를 흔들었다.

"한국에서 아버지가 와 계셔요."

울음이라도 터트릴 듯 기어드는 목소리였다.

그는 분격해서 목소리를 높였다.

"우리, 도망칩시다. 북경이든 상해든 가버립시다."

자신이 무슨 소리를 하는지 모른 채로 빠르게 지껄였다. 행인들이 힐끔거렸다. 윤미려의 얼굴은 더욱 새빨갛게 달아오르며 기어들어가는 목소리로 대답했다.

"우 선생님은 내년 4월에 졸업이잖아요. 조금만 있으면 되는데… 졸업은 하셔야죠."

"필요없어요. 용기를 내요. 미려 씨는 신여성이잖아요? 함께 상해로 갑시다. 거기서 미려 씨는 음악을 가르치고 나는 전차 차장을 하죠. 그러면 됩니다. 얼마든지 살 수 있어요. 거기선 가문이니 하는 문제는 없을 겁니다."

윤미려가 쓴웃음을 지으며 다정하게 그의 손등을 두드렸다.

"아버지는 조만간 한국으로 돌아가실 거예요. 조금만 참으세요. 그때 우리 의논해요… 아, 우산이 없군요. 가을비는 맞으면 안돼요. 이걸 쓰세요. 전 동무랑 같이 쓰고 갈게요."

더 붙잡을 핑계를 생각해내기도 전에 훌쩍 가버리고 말았다. 그의 손에는 박쥐우산이 달랑 남아있었다.

암살자와 마주쳐

1918년 11월, 세계대전이 끝났다.

을미년, 민비가 살해된 밤에 아버지가 궁궐을 지킨 범인이라는 소문이 널리 퍼졌다. 유학생들은 우장춘을 경원하기 시작했다. 그는 다시 차갑고 서늘한 벽에 갇히기 시작했다. 한국인에게 받는 차별은 일본인에게 받은 것보다 더 뼈가 시리고 아팠다.

을미사변의 일을 돌이켜 정리해보았다.

'아냐, 저들이 아직 눈을 못 뜬 것이다. 아버지는 애국지사였다, 한국을 어떻게든 국민국가로 개혁하려고 했다. 단지 왕실의 충신은 아니었을 뿐이다.'

가슴을 펴려고 했으나, 감당할 수 없다는 말이 자꾸 튀어나왔다. 다 잊고 싶었다.

'적자생존론을 반박하겠다고? 그럼 생물계에서 협력으로 발전한 사례를 찾아내게.'

안도 교수가 제시한 과제를 핑계삼아 실험실이나 도서관만 맴돌았다. 차분히 생각할 수가 없었다. 머릿속이 흐리멍텅했다. 때로 책을 펼친 채 고개를 박고 죽은 사람처럼 잠에 빠져들기도 했다.

혼수상태에 빠졌다는 게 어울릴, 끈적끈적하고 몸이 마비된 가위눌림 같은 잠이었다. 잠깐 깨었다가도 어느새 또 혼몽해졌다. 허깨비처럼 정신이 흐려질수록 윤미려가 그리웠다. 명랑하고 생기발랄한 웃음소리를 들을 수만 있다면.

'이렇게 엎드려 있느니, 차라리 미려 씨를 찾아가 다 털어놓고 같이 도망쳐버리자. 억압과 구속을 벗어던지고 다른 땅에 가서 새 출발을 하는 거다… 상해! 그래, 상해로 가자. 거기선 아버지니 가문이니 하는 건 다 잊고 자유롭게 살 수 있을 거다.'

상해시, 프랑스조계 바이얼부루가 22번지, 대한민국 임시정부.

거기 살면서 독립운동에 참여한다면?

잠과 공상에 빠져 허우적거리다 보면 머리가 뜨거워졌다 차가워졌다 하면서 식은땀이 나는 게 꼭 병이 난 것 같았다.

누군가 그의 등을 흔들었다. 눈을 반만 떠보니 김신안이었다. 여전히 해맑고 환하게 웃고 있었다.

"얼마나 찾았다고."

상체를 일으켰다.

"세수를 하고 정신 좀 차려봐."

그를 잡아끌다시피 데리고 나가 얼굴에 찬물을 끼얹게 했다. 정신이 났다.

"이런 때 도서관에 박혀서 뭐해?"

김신안의 눈동자는 기쁨으로 마구 춤추고 있었다.

"이런 때? 어딜 가잔 말이면 하지마. 중요한 연구가 있어. 마지막 학년이라 마무리를 짓지 않으면 곤란해."

선수를 쳤다. 김신안은 노염도 타지 않고 싱글벙글 웃었다.

"한가하게 학업이나 걱정하고 있을 때가 아냐. 아아! 구시대는 거하고 신시대가 내하도다! 드디어! 세계대전이 끝났어."

"알아."

"자, 간따로 가자."

"무슨 일로?"

"여명회가 결성됐지. 학자, 교수, 청년학생들이 다 모인대. 이제부턴 민주주의 만세야. 오늘 요시노 선생이 여명회를 이끌고 낭인회와 한판 대결을 벌여. 사상 최초로 사상과 폭력이 대결하는 거지. 흥미진진하지? 어서 가자고. 도서관에 처박혀 낮잠이나 자다가 역사적인 사건을 놓치다니, 말도 안 돼."

흥분해서 점점 말소리가 높아졌다. 다행히 현관이 소란스러워 주목을 끌지는 않았다. 심장이 쿵쾅대기 시작했다. 다 체념했다고 생각했는데 심장은 여전히 뛰고 있는 모양이었다. 둘러보니 현관에서 서너 명씩 몰려 숙덕거리는 학생들도 여명회 소식을 나누고 있는 듯 했다. 머리가 확 뜨거워졌다. 피가 끓었다. 빠르게 도서관을 나섰다.

김신안은 싱글벙글 떠벌렸다.

"입회연설회란 여명회 대표가 나와 한차례 연설을 하면 그 다음은 낭인회 대표가 나와 맞서 연설하는 형식이야. 양쪽이 공평하게 연설한 다음, 어느 쪽 주장이 옳은지 청중들 박수로 심판받는 거야. 우리 학우회도 힘을 보태기로 했어."

유례없는 연설대결이 벌어진다는 소문에 사람들이 남명구락부로 속속 몰려들었다. 교수와 대학생, 중학생, 기자, 회사원뿐 아니라 일반 노동자들까지. 대성황이었다. 강당은 발 디딜 틈조차 없었다. 들뜬 목소리들이 울려 천장이 들썩들썩했다.

단상을 제외한 청중석은 의자란 의자를 다 치워버려 사람들은 모두 서있었다. 더 많은 사람들을 입장시키려는 의도였으나, 한편으론 연설회마다 자주 난투극이 벌어지는 탓에 나온 조처이기도 했다. 충돌이 생기면 흥분한 청년들은 손에 잡히는 건 뭐든지 마구 휘둘러 피가 튀고 부상자가 속출하곤 했다. 강당마다 비치된 접이식 나무의자는 살짝 걷어차기만 해도 부서져 각목이 되기 쉬웠다.

우장춘과 김신안은 팔짱을 끼고 강당으로 들어섰다. 북적이는 사람들 틈에서 또 테츠오의 모습이 보였다. 신경 쓰이지 않았다.

전쟁은 끝났다. 자유와 평등의 새 시대가 온다. 앞으로는 아무 것도 문제가 안 될 것이다.

"자네들, 조심해."

그들 뒤에 홍광표가 나타나 귀띔했다.

"예?"

"밀정이 있나봐. 학우회에서 오간 이야기가 경시청에 소상히 알려지고 있대. 곧 예비검속을 할 거란 소문도 도는데, 찍히면 큰일이야. 이런 중대한 시기에 잡혀가서 구경만 하고 싶진 않겠지?"

"미리 잡아가요? 아무 짓도 안 해도?"

"그러니까 예비검속이지. 전쟁이 끝났다고 한국인들이 독립을 외칠까봐 감시를 강화하나봐."

모두가 홀린 사람들처럼 들떠 있었다.

"김신안 군. 이리 좀 와보게."

둥근 안경을 낀 청년이 나타나 김신안을 잡아끌었다. 그는 뒤늦게 옆의 우장춘에게 시선을 던지며 고개를 갸웃거렸다.

"서로 모르나? 이쪽은 우장춘……."

"아, '그'의 아들!"

그가 차디차게 우장춘을 노려보았다.

"민병국은 반드시 엄단하고야 말 거라고 벼르던데… 넌 아무하고나 어울려서 문제야… 이리와 봐. 할 얘기가 있다니까."

또 한번 차갑게 흘겨보더니 김신안을 끌고 갔다. 냉기가 몸을 감쌌다. 경원과 모멸은 더욱 심해진 듯 했다. 한국학생들은 그를 대놓고 피하고 있었다. 점잖은 정도가 그를 없는 사람처럼 무시하는 거였다.

"소인배들이야. 주눅들 거 없어."

홍광표가 위로했다.

"소인배는 자기만 생각해. 자기가 양반일 땐 양반만 좋으면 그만, 나만 좋으면 상관없다고 하네. 시대나 이 사회의 요구도 무시하고… 일본 극우의 문제도 바로 그거야. 애국하자고 선동하지만 그 나라가 천황인지, 국민인지도 모르고 우르르 몰려다니는 거야. 조금만 생각해봐도 천황을 위하는 게 국민을 위하는 것과 다르다는 걸 알 텐데. 전쟁이 그렇잖아. 만주를 침략하면 천황이나 몇몇 상류층은 좋지만, 일반 국민들은 전쟁 뒷바라지를 해야 하고 전쟁터에 나가 죽어야 하니까 전혀 아닌 걸……."

차가운 얼음벽에 갇힌 채 꽁꽁 얼어버리는 것 같았다. 서둘러 빠져나가려고 했다.

도중에 윤미려와 맞닥뜨렸다. 혼자였다. 두 사람은 붐비는 사람들에게 밀려 바싹 붙어 마주 서있었다. 입이 열리지 않았다. 윤미려는 미소를 만들려다 포기한 듯 입꼬리를 가늘게 떨면서 떨떠름한 표정이었다. 그동안 많이 여위었다. 도톰한 뺨이 핼쑥해지고 목 아래 쇄골이 두드러졌다. 그녀 역시 고민이 컸던 것이리라. 말없이 응시하다가 우장춘은 불쑥 기둥 뒤로 끌어당겼다. 단상에 연사들이 나오기 시작했다. 사람들은 박수치고 환성을 지르다 못해 발까지 굴렀다. 거대한 흥분의 물결이 일렁거렸다. 그가 그녀의 귀에 소곤댔다.

"더는 안 됩니다. 내일 당장 함께 상해로 떠납시다."

생각지도 않던 말이 술술 나왔다. 윤미려는 못 알아들은 듯 눈꺼풀만 깜빡거렸다. 그는 힘주어 눈길을 붙잡으며 되풀이했다.

"부탁입니다. 나랑 상해로 갑시다. 이렇게 애원합니다."

그녀의 눈동자가 마구 흔들렸다.

"저도, 정말, 그러고 싶어요."

"같이 떠납시다."

윤미려가 눈길을 피하며 고개를 숙였다.

"하지만 자식으로서 어떻게 감히 아버지를 거역해요?"

"그대에겐 용기가 있잖아요? 신여성이잖아요. 부탁입니다. 함께 상해로 갑시다. 이대로 있다간 난 산산조각날 겁니다. 여길 떠나야만 해요."

"서두르지 마요. 아버지는 모레, 경성으로 돌아가셔요. 시간을 주세요. 오빠만 있을 땐 나도 반항할 수 있지만, 아버지껜 그럴 수 없어요. 좀 더 기다려주시면 안돼요?"

"그럴 수 없어요. 당장 떠납시다. 이대로 있다간 무너지고 말 겁니다."

"무너지지 않아요. 우 선생님은 안 그럴 거예요. 세상이 다 무너져도 우 선생님은 의연할 거예요. 확고한 무게중심이 있으니까요. 그 때문에 전 우 선생님을 사랑하게 된 거죠."

다른 때라면 사랑이라는 말을 들은 것만으로도 행복해서 우주 끝까지 날아가버렸을 것이다. 그러나 이젠 불충분했다.

"나랑 상해로 갑시다."

정수리를 내려다보며 주문을 외듯 몇 번이고 되풀이했다.

결국 윤미려가 숨을 헐떡이며 고개를 끄덕였다.

"알았어요. 내일 열두 시 로빈에서 만나요. 메지로의 과자점. 거기서 만나 의논해요. 아버지가 경성으로 떠나시면 우리도 상해로 떠나죠. 저를 믿죠?"

윤미려가 그의 손을 꽉 잡았다. 뜨거운 인두로 지진 것처럼 손바닥이 화끈했다. 변치 않은 그녀의 마음, 그 애정이 고스란히 전해져왔다. 힘주어 맞잡았다.

"나는 언제나 그대를 믿고 있어요."

윤미려는 손을 놓고 조심스레 빠져나갔다.

눈 깜짝할 사이의 일이었다. 믿어지지 않았다. 잠시 멍하니 서있었다.

다급해졌다. 여비를 마련해야 한다.

형사들의 감시를 피해서 상해로 가려면 고베에서 배를 타는 게 제일 좋다고 한다. 고베까지 두 사람의 차비, 그리고 상해까지 갈 뱃삯은? 50엔은 가져야 할 것이다. 게다가 자리를 잡을 때까지의 생활비도… 어떡하지? 저금을 찾고 책도 모조리 팔면?

집으로 들어갔다. 어머니를 보았다. 순간 사실을 털어놓고 허락을 얻고 싶었다.

말없이 도망친다? 김신안에겐 뭐라고 하지? 에잇, 그냥 가버리자. 상해에 가서 편지를 쓰면 될 거다.

자기 방으로 들어가 벽장과 책장을 뒤졌다. 돈이 될 만한 양서들을 빼서 챙겼다. 한 권 한 권이 끼니까지 굶어가며 모은 거였다.

옷 보따리는 꾸릴 필요가 없겠지. 상해에 가면 중국 옷을 입는 게 편리하고 눈에 띄지 않는다고 한다. 부두에서 내리는 즉시 중국 옷을 사서 입자. 상해에서 암약하는 일본 형사들의 주의를 끌지 않으려면 중국인인 척 해야 한다.

책상 서랍에서 헝겊에 싼 시곗줄이 나왔다. 현기증이 일어 눈을 감고 벽에 머리를 기댔다. 어린 시절의 고통과 투명한 얼음벽에 갇힌 것 같던 외로움이 생생히 되살아났다.

'한국인으로 살면 행복할 거라고 믿었었는데…….'

다음날 약속 시간보다 이르게 집을 나섰다.

메지로까지 눈으로 간판들을 더듬으며 걸었다. 처음 눈에 띈 전당포에 들어갔다. 음침한 가게의 철창 뒤편에 키 작은 남자가 앉아있었다. 그는 말없이 시곗줄을 계산대에 올려놓았다. 그 남자가 조심스레 헝겊을 펼치더니 냄새라도 맡듯 코를 킁킁대며 살폈다.

"18금?"

가르랑거리는 쇳소리였다.

"잘 모릅니다. 되는대로 주세요."

"14금? 아냐, 도금이네, 도금은 취급하지 않소."

"그럴 리가? 하사품이랬는데."

"전당포만 20년이오. 그것도 모를 것 같소?"

시곗줄을 주머니에 도로 넣고 터덜터덜 걸어 나왔다.

로빈으로 갔다. 가게 안엔 대부분 여학생들이었다. 괘종시계는 11시 50분을 가리켰다. 시계가 정면으로 보이는 자리를 잡았다. 정확하게 세 개의 바늘이 겹쳐지면 윤미려가 나타날 것이다. 속으로 주문을 외웠다. 창자가 비비 꼬이면서도 한편 달콤했다. 갑자기 재잘거림이 뚝 그쳤다. 짧은 정적 위로 전화

벨 소리가 선명히 솟구쳤다. 다시 재잘거림이 시작됐다. 종업원이 다가와 그에게 전화를 받으라고 했다. 용수철 튀듯 일어났다. 가슴이 세차게 방망이질 쳤다.

"혼자 계신 남성분을 바꿔달라는데요?"

둘러보니 혼자인 남자는 자기뿐이었다. 등골이 쭈뼛 섰다. 갑자기 불길한 예감이 엄습했다.

"저기 전화실로 가면 됩니다."

격자 유리 칸막이 뒤에 전화기가 있었다. 심호흡을 하고 수화기를 귀에 댔다. 휘잉 바람 소리가 들렸다. 이윽고 남자 목소리가 흘러나왔다.

"우장춘?"

심장이 쿵 내려앉았다. 윤영립이었다. 목이 콱 막혀 소리가 나오지 않았다.

"역시! 생각한 대로군."

윤영립이 길게 한숨을 토했다.

"그쪽으로 사람을 보냈으니 따라와. 도망치면 안 돼. 아버지께서 우 군을 만나겠다고 하셔."

"누굴 기다리는 참인데……."

"알아. 다 안다니까. 거기서 내 누이를 만나기로 했잖아. 오늘 누이는 나가지 못해. 그 사람을 따라 이리로 오게. 기다리겠네."

일방적으로 툭 끊겼다. 순간 수화기를 내동댕이치고 도망치고 싶은 충동에 휩싸였다. 그런 한편 궁금하기 짝이 없었다. 머뭇대는 사이에 과자점 문을 열고 들어서는 이가 있었다. 테츠오였다. 테츠오는 곧장 전화실로 와서 칸막이를 톡톡 두드렸다.

"나와. 어서 가자고."

위협적인 표정이었다. 우장춘은 침착하게 여러 번 긴 숨을 내쉬었다.

"또 만났군. 어디로가나?"

"겁먹을 거 없어. 윤정효 선생이 얼굴을 보겠대. 도망치거나 하면 부녀자 납치로 경찰에 고발하겠다고 전하래."

테츠오는 말은 부드럽게 하면서도 우악스럽게 잡아당겼다.

로빈 밖에는 자동차까지 대기하고 있었다. 테츠오는 뒷좌석 문을 열고 타게 하더니 옆에 바싹 붙어 앉았다. 한쪽 팔은 여전히 붙든 채였다. 문이 닫히자 바로 출발했다. 다시 한 번 깊숙이 숨을 들이마셨다. 조금 침착해졌다.

"눈을 안 가려? 활동사진에선 곧잘 그렇게 하잖아?"

테츠오가 눈을 가늘게 뜨며 곁눈질했다.

"배짱 좋군. 지금이 한가하게 농담할 때야?"

"한가하지 않아. 네가 어떻게 여기 관여하게 됐는지 머리를 굴리는 중이야."

테츠오가 피식 웃었다.

"윤정효 선생이 윗선에 부탁해서 내가 나서게 된 거야. 경고도 듣지 않고 불온분자들과 어울려 설치고 다니더라니… 어려서도 그랬지만 넌 주제를 몰라. 은혜를 모르고 날뛰다 이젠 남의 집 부녀자 약취라… 열등국민이면 열등국민답게 잠자코 있을 것이지. 너처럼 주제를 모르고 설치는 놈들 때문에 일본과 한국이 한마음으로 단합되질 못하는 거야……."

차가 요요기 공원에 멈췄다. 테츠오가 팔을 붙잡고 끌어당겼다. 공원 숲길을 걸어갔다. 갈수록 나무들이 울창해졌다. 풀밭이 채 다져지지 않은, 인적 드문 곳까지 갔다.

"어디로 가는 건가?"

나무우듬지에 가려 하늘도 잘 보이지 않을 정도로 으슥했다.

"다 왔어. 안달하지 마."

테츠오가 거칠게 등을 떠밀었다. 아름드리나무들 사이 작은 공터에 윤영립이 있었다. 연신 담배를 피운 듯 주변이 담배꽁초로 어지러웠다. 그를 보자 윤영립은 뚜벅뚜벅 다가왔다. 숲은 의외로 깊은 모양, 그들의 숨소리 밖에 들리지 않았다. 윤영립이 갑자기 달려들며 따귀를 힘껏 때렸다. 휘청 넘어질 뻔했으나 테츠오가 뒤에서 받쳤다. 다시 반대편 따귀를 때리더니 가슴에 주먹질을 퍼붓기 시작했다. 자기도 모르게 주저앉았다. 테츠오가 다시 붙잡아 세웠고 주먹질이 이어졌다. 코피가 터지고 피 섞인 침이 흘렀다. 결국 쓰러지고 말았다.

"도대체 왜? 당신넨 양반이고 난 중인이라고?"

윤영립은 더욱 분격해 달려들더니 마구 걷어차고 짓밟았다.

"네놈 아비가 바로 '그' 우범선이잖아. 역적의 자식이 본색을 감추고 감히 내 누이를 넘보다니. 죽여버려도 시원치 않아."

윤영립이 고함쳤다.

"아버진 역적이 아니에요. 한국을 개혁하려다 목숨까지 잃으셨어요."

발길질을 피하느라 웅크린 몸으로 땅바닥을 데굴데굴 구르며 간신히 대꾸했다.

"어디서 변명질이야? 내일이라도 내가 앞장서서 발도 못 붙이게 할 테다. 네놈을 곤죽을 만들어놔도 다들 박수칠 거야. 그래도 한국인의 원한을 만분의 일도 못 풀었다고 할 걸. 도대체 너 같은 놈이 하늘 아래 고개를 들고 다닌다는 게 민족의 수치야."

윤영립은 씩씩거리며 계속 걷어차고 때렸다.

"적당히 해둬라. 얼굴 좀 보게."

중후한 목소리가 들렸다.

"흐음, 이자가 우범선의 아들이란 말이지?"

조용하고 침착한 목소리였다. 감회에 젖은 듯 축축하기까지 했다. 우장춘은 억지로 눈꺼풀을 떴다가 화들짝 놀랐다. 키

크고 말쑥한 신사였다. 감전된 듯 몸이 부들부들 떨렸다.

본 적이 있었다. 일영관 앞에서 고영근과 귓속말을 주고받던 개화신사. 아무리 시간이 흘렀어도 여섯 살 적 풍경은 지워지지 않았다.

어둠 속에 번져가던 피웅덩이, 아버지의 깨진 머리. 도끼를 든 고영근. 함께 암살을 모의한 개화신사… 그 동안 나이를 먹었다. 그때도 머리는 백발인데 얼굴은 팽팽해서 신기했는데, 지금도 여전히 홍안백발의 상반된 인상은 그대로였다.

누운 채여선지 윤정효의 키가 아득하니 높아보였다. 우장춘은 일어나려고 버둥거렸다. 그러나 눈꺼풀조차 제대로 뜨고 있기 힘들었다.

"내 말이 들리겠지?"

윤정효가 아들에게 물으며 허리를 굽혔다.

"바로 그 암살자였군."

우장춘은 간신히 입술만 달싹거렸다.

"궁금했다. 호걸 우범선의 아들은 호랑이일지 고양이일지… 흠… 내 말 똑똑히 새겨둬라. 네 아비가 미우라의 음모를 모르고 궁궐만 지켰느니 하는 소린 변명에 불과하다. 역적은 역적. 넌 역적의 자식이라는 사실만으로도 목숨을 구걸해야 할 터… 암튼 오늘은 이 정도로 해두겠다. 앞으로 넌 어미를 따라 일본인으로 사는 게 나을 게다. 아비의 이름이 밝혀지는 즉시 한국인들에게 뭇매를 맞을 것이다… 목숨을 부지하고 싶다면 다신 한국인들 눈에 띄지 마라."

윤정효는 마침표를 찍듯 그의 얼굴에 침을 퉤 뱉었다. 그는 혼신의 힘을 쥐어짜 대꾸하려 했다. 그러나 말은 입술 근처에서만 맴돌았다.

"아버진 충신은 아니었을 뿐이야."

그대로 의식을 잃고 말았다.

시간이 얼마나 흘렀을까.

석회 통에 빠져 몸이 그대로 굳어버린 것 같았다. 어렴풋이 정신이 드는가 싶더니 순식간에 거짓말처럼 말짱히 깼다. 그럼에도 시야는 안개 낀 것처럼 뿌연 채였다. 돌아누우려 했으나 움직여지지 않았다. 뻣뻣하게 누워 눈알만 굴렸다. 하얗게 회칠한 천정이 선명해졌다. 눈이 따가워 고개를 돌리려고 했다. 거친 통증이 목덜미에서 등뼈로 도끼질하며 내려갔다. 땀이 솟구쳤다. 몸 구석구석을 두드리는 멍멍하고 둔탁한 통증은 강력했다.

"정신이 들어?"

김신안이었다. 와락 설움이 북받쳤다.

"부러진 덴 없지만 당분간은 움직이기 힘들 거래."

눈길이 부딪쳤다. 부끄러웠다.

"뭐라고 변명할지 모르겠어. 다 털어놨어야 했는데……."

띄엄띄엄 말했다. 말라붙은 입술이 찢어졌다. 김신안이 조용히 다독였다.

"나중에 해. 아니, 말 안 해도 알아. 우린 친구니까."

"솔직하게 털어놨어야 했었어. 일이 벌어진 다음이 아니라. 진정한 친구라면… 미안해. 그동안 내 고민에 사로잡혀 다른 사람들을 보지 못했어. 눈이 멀었어……."

"친구 사인 미안해하지 않는 거야. 미려 씨가 내가 아닌 널 좋아한 건 가슴 아프지만. 넌 아름답고 성실한 청년이니까 안목이 있다면 당연히 그랬을 테지."

"우연이었어. 네가 미려 씨 앞에서 너무 우물거렸지……."

자꾸 눈물이 났다. 다시 정신을 잃고 말았다.

절룩거리며 나오는데 병원 로비에서 안도 교수와 마주쳤다. 고개를 꾸벅 숙이려다 통증이 몰려와 그대로 뻣뻣하게 서있었다. 안도 교수는 눈을 가늘게 뜨고 찬찬히 살펴보았다.

"선생님께서 어쩐 일로……."

"지인이 입원해서 문병 왔는데… 놀랍군. 얼핏 듣긴 했지만 싸움질이라……."

교수는 엄하게 힐책하는 표정을 지었다.

"우 군은 내게 말한 과제를 잊고서 한가하게 이러는 건 아니겠지?"

핑그르르 현기증이 일었다. 햇빛 찬란한 여름날 어두컴컴한 슈메이관 지하 2호 강의실. 사파리 활동사진. 모두가 믿어 의심치 않는 적자생존, 만인에 대한 만인의 투쟁의 증거… 아득했다. 꿈이었거나 전생에서 겪은 일인 것만 같았다. 눈시울이 축축해져 더 깊숙이 고개를 숙였다.

교수는 답을 기다리며 조용히 서있었다. 억지로 입을 열었다.

"협력하는 실례를 찾아내라고……."

교수가 빙그레 미소지었다.

"그렇지! 기억은 하고 있구먼."

갑자기 그는 격렬하게 머리를 흔들며 소리쳤다.

"아뇨, 아닙니다. 다 끝났어요! 포기했어요. 집어치울 겁니다."

사람들이 힐끔거리며 지나갔지만 부끄러운 줄도 몰랐다.

"이유가 뭔가?"

괴었던 눈물이 시냇물처럼 줄줄 흘러내렸다.

"일본인도 한국인도 아닌 저는, 실패작에 불과하니까요."

절규하듯 외쳤다.

"그래? 한국인도 일본인도 아니라서, 실패작이다?"

안도 교수는 미소 띤 채 한참을 흠흠거리다 이윽고 말했다.

"종은 서로 협력했기에 발달했을 거란 자네의 추정, 난 주목하고 있는데… 글쎄, 자신이 실패작이라고 징징거리는 대신 그걸 뒤집어 나만의 자산으로 삼을 수도 있잖을까? 그래서 양자가 협력해서 탄생한 성공작임을 입증한다면? 어떤가? 지혜로운 사람은 바꿀 수 없는 숙명은 받아들이고 거기서부터 자기 운명을 만들어 간다네."

2.10 독립운동

1918년 12월로 접어들자 도쿄 아사히신문에 해외 한국인의 동정이 짤막하게 실렸다.

'미국에 거주하는 한국인 중 이승만, 민찬호, 정한경, 이 3 사람이 한국민족의 대표로 대한독립을 제소하고자 파리강화회담에 파견되었다고 한다. 미국 샌프란시스코에 거주하는 한국인들은 독립운동 자금으로 30만원을 모금하였는바…….'

그 기사를 보자 우장춘은 가만히 있을 수 없었다. 김신안에게 달려갔다. 그의 하숙에 마침 홍광표도 와 있었다. 세 사람은 머리를 맞대고 신문을 들여다보며 기뻐했다.

"아아, 미국 우리 동포들이 벌써 독립운동을 시작했구나!"

"한국인이라면 감격 없이 이걸 읽을 수 없을 거야. 한국도 드디어 국제사회에서 독립을 주장하다니, 꿈만 같아."

"그나저나 파리에 간다고 회의장에 들어갈 수 있으려나? 예전 헤이그에서 국제회의가 열렸을 때는 이준열사가 일본의 방해로 회의장에도 들어가지 못한 사례가 있잖아."

홍광표가 걱정했다.

"이번엔 다르지 않을까요? 미국 대통령 윌슨은 약소민족 자결주의 원칙을 공표했고, 그에 따라 폴란드는 벌써 독립했다는데… 터키도 곧 독립할 거라고 하고. 한국도 같은 약소국이니 이번엔 독립할 수 있지 않을까요?"

"다르지. 폴란드나 터키는 세계대전에서 패배한 독일과 오스트리아의 식민지잖아."

갑자기 방문이 드르륵 열렸다. 세 사람은 화들짝 놀라 신문을 뒤로 감췄다. 학우회 간사였다. 그는 헐떡거리며 얼굴만 방 안에 들이밀고 물었다.

"뭔데 머리를 맞대고 의논 중이야?"

"선배님, 이 기사 봤어요?"

"봤어. 그보다 김신안 군, 돈 있지? 가진 거 다 내놔."

"무슨 일인데요? 얼마나 필요한데요?"

"있는 대로 다 줘. 지금 이보경군이 나고야에서 여비가 떨어져서 오도 가도 못하고 있대. 빨리 전신환으로 부쳐줘야 해."

"이보경은 북경에 가지 않았나요? 그런데 왜 나고얍니까?"

홍광표도 놀라 끼어들었다.

"돌아오는데 형사들 눈을 피하려고 이리저리 돌다보니 나고야에서 발이 묶였대."

간사가 우장춘을 힐끗 보더니 말을 멈췄다가 목소리를 낮춰 은밀하게 밝혔다.

"이보경은 북경이 아니라 상해에서 오는 길이야."

"대한민국 임시정부?"

다들 흥분하고 말았다.

"쉿! 비밀. 차비를 부치면 내일은 도착할 테니 임시정부의 사정도 듣고 앞으로 할 일도 의논하세. 참, 이 하숙에 모여도 괜찮겠지? 여긴 고급주택가라 경찰 감시도 덜하잖아. 아무튼 어서 돈을 주게."

간사는 돈을 받아 부랴부랴 가버렸다.

세 사람은 한동안 말없이 눈만 껌뻑거렸다.

"드디어!"

침묵 끝에 세 사람은 동시에 같은 말을 내뱉고 웃음을 터뜨렸다.

다음날 우장춘은 김신안의 하숙으로 갔다. 가지 않을 수가 없었다. 대한민국 임시정부의 소식을 듣는 자리였다. 부푼 기대가 주저를 떨쳐버렸다.

방안에는 십여 명 남짓 모여 있었다. 모두 벌겋게 상기된 얼굴이었다.

이보경은 다소 여위었으나 어느 때보다 활기차고 빛났다. 반짝반짝 타오르는 뜨거운 눈빛이 다른 이들에게 열기를 전염시키고 있었다.

"임시정부에서도 파리회담에 한국대표를 보내기로 결정했는데, 문제는 왜놈이야. 왜놈들은 한국인들이 왜놈의 통치를 원하고 있고 매우 만족한다고 세계 각국에 선전하거든. 그 선전을 깨부수지 않는다면, 한국대표는 다른 나라의 관심을 끌기는커녕 회의장에 들어가지도 못하는 사태가 또 벌어질 거야."

"한국인들이 왜놈의 식민통치에 만족하고 있다고? 죽일 놈들."

다들 주먹을 부르르 떨며 분개했다.

"우린 엄연히 오천 년 역사를 지닌 문화민족이야. 왜놈 통치를 제외하곤 한 번도 국권을 잃어본 적이 없어. 그걸 세계가 알아야 하는데."

"알릴 방법이 없을까?"

"성명서를 발표하면 어때? 한국사람 모두가 독립을 간절히 원한다는 내용으로."

"그 정도를 갖고 국제사회의 관심을 끌 수 있을까? 왜놈들은 일부 불온분자들이 성명서를 발표한 거라고 둘러댈 거야."

"미리 걱정하지 말자. 일단 행동하고 보는 거야. 도쿄에서 우리가 성명서를 발표하고 독립만세를 외치자고. 그러면 전 세계가 알게 될 거야. 저희들 심장부인 도쿄에서 독립만세운동이 일어나면 왜놈들도 간담이 서늘할 걸."

"마음에 드는데. 그렇게 하자. 그러면 전 세계가 왜놈들 선전이 거짓이라는 걸 알겠지."

"이번에 일본에선 특사로 미국인 교수 패리스를 파리로 보내 한국이 왜놈들 식민통치에 감복하고 있다고 선전할 예정이라던데?"

"패리스? 어느 학교 교수야? 우선 그 사람부터 설득해야겠네."

"아오야마 학원. 거기 다니는 우리 유학생들이 그 교수를 설득하고… 무엇보다 결정부터 내리자. 이보경이 독립선언문을 쓴다. 그걸 패리스 교수에게 보여주고 설득한다. 다음은……."

갑자기 간사가 말을 그치고 우장춘을 힐끔 보았다. 시선이 일제히 우장춘에게 쏠렸다. 육중한 침묵이 짓눌렀다. 종잇장 바스락거리는 소리도 크게 울릴 정도였다. 그 중압감에 못이겨 우장춘은 슬그머니 일어섰다. 김신안이 대문까지 따라왔다.

"섭섭하다고 외면하면 안 돼."

우장춘은 고개를 저었다.

"난 할 수 있는 걸 할 뿐이야."

생각을 돌이키고 보니 이해하고 받아들일 수 있었다.

한국 유학생 사회는 은밀히 끓어올랐다. 독립이 당장 눈앞에 닥친 것처럼 흥분했다. 우장춘은 덩달아 열광하려는 자신을 지그시 누르며 할 수 있는 일을 했다. 자신은 흰 양의 우리에 든 검은 양이었다. 어렸을 때 일본소년들이 그랬듯, 한국학생들은 그를 꺼려하며 스파이 대하듯 하거나 아예 상대하지 않기도 했다. 그래도 우장춘은 무심할 수가 없었다.

해가 바뀌어 1919년 기미년이 되었다.

유학생들의 독립운동은 착착 준비되었다. 연초에 조선기독청년회관에서 열린 기도회에서 독립선언 문제를 놓고 토론이 벌어졌고 거기서 이보경이며 몇몇 지도부 학생은 급진적이라는 비판을 받고 탈퇴했다. 유학생들 사이에서 의견충돌이 일어난 것처럼 가장해 일본의 경찰의 감시를 피하려는 전략이었다.

우장춘은 김신안과 함께 바쁘게 뛰어다녔다. 밀도 높은 긴장으로 심신이 죄어들었다. 초조하게 2월을 기다렸다. 애써 공부에 몰두하는 척하기도 했지만 자꾸 들뜨는 마음을 억제하기 힘들었다. 김신안은 아예 투사가 되어 삶과 죽음을 초월한 듯했고, 같이 대화하다보면 어느새 그 열정에 감염되어 그도 회의를 잊었다.

그렇다고 우장춘은 자신을 영웅적인 독립투사라고 착각하지는 못했다. 자신은 선두에 서서 대단한 기여를 할 수는 없는 처지였다. 그래도 부끄럽지 않았고 거리낌이 없었다. 모든 것이 한데 뭉뚱그려져 아무 차별 없는 아득한 고원에서 올라 있는 듯 하루하루가 흘러갔다. 한국학생들이 적의 심장부인 도쿄 한복판에서 독립만세를 외치는 그날, 자신이 어떤 역할을 하느냐는 건 사소한 문제였다. 자신은 그저 머릿수를 채우는 정도에 불과하리라. 그래도 그게 무슨 문제겠는가. 지평선이 무한대로 넓어진 듯, 온 세상이 환히 열린 듯, 시야가 훤히 트인 희박한 고원의 대기를 숨 쉬는 듯, 현기증으로 버무려진 나날들이었다.

"우리는 이천만 한국민족을 대표하여 정의와 자유를 얻은 세계만국 앞에 대한독립을 선포한다……."

2월 10일 오후, 조선기독청년회관 일층 강당에서 독립선언서가 낭독되었다.

"…우리의 독립은 오직 우리의 힘으로 이룩해야 할 것이며, 독립을 쟁취하려면 죽음을 넘어서서 투쟁해야 할 것이다……."

태극기를 흔들며 우렁차게 대한독립만세를 외쳤다. 곧 거리 행진을 하려고 출입구 쪽으로 몰려갔다. 이미 경찰이 와서 막고 있었다. 학생복 차림으로 먼저 들어와 있는 형사들도 꽤 되었다. 한순간 테츠오와도 시선이 마주쳤다. 우장춘은 씩 웃어 보이곤 다시 두 팔을 번쩍 들고 만세를 외쳤다.

어지러운 호루라기 소리와 함께 순사들이 우르르 몰려들어 곤봉을 휘두르기 시작했다. 학생들이 두들겨 맞고 쓰러졌다. 그러나 만세 소리는 더욱 우렁차게 퍼졌다. 형사들이 짝지어 하나씩 붙잡고는 질질 끌어내려고 했다. 학생들이 각목을 들고 저항했다. 동료의 연행을 막으려 맞붙어 싸웠다. 순사들의 곤봉과 학생들의 각목이 어지럽게 얽혔다. 우장춘도 흥분해서 우왕좌왕하다보니 목덜미를 잡혀 질질 끌려 거리에 내동댕이쳐졌다. 형사들은 코가 예민한 사냥개처럼 주모자들만 쏙쏙 골라서 잡아가고 있었다.

그동안 눈이 내려 길바닥은 엷게 눈이 덮여 있었다. 바람이 세찼다. 쌓이는 눈과 녹는 눈이 뒤섞여 도로는 바퀴자국이며 발자국으로 어지러웠다. 행인들은 무표정한 얼굴로 걸음을 멈추는 일도 없이 바쁘게 지나쳐갔다.

"김신안은 어디 있나요?"

낯선 학생을 붙들고 물었다.

"잡혀간 거 같던데? 대략 50명 정도 잡혀갔어요."

경찰서가 있는 쪽으로 걷기 시작했다.

"어딜 가는 거요?"

어떤 학생이 우장춘을 붙잡았다.

"경찰서."

"지금은 가봐야 공연히 욕만 볼 겁니다. 그러지 말고 히비야로 갑시다. 남은 이들은 각자 흩어지는 체하면서 히비야에 다시 집결해서 독립만세를 외치기로 결정했어요. 독립운동은 이제부터가 시작입니다. 아직 끝난 게 아닙니다."

"아직 끝난 게 아니다……."

김신안도 유치장에서 나와 그 말부터 했다.

축축하고 물기 많은 눈이 펑펑 쏟아지던 날이었다. 봄눈답게 눈은 녹으면서 쌓였다. 불쑥 김신안이 찾아왔다. 출옥했다고 했다. 한 달 가까이 취조 받는 바람에 바싹 여위었으나 여전히 원기 왕성했고, 눈동자는 전보다 더 반짝거렸다. 혹독한 심문도 그의 기를 꺾지 못한 모양이었다.

"미리 말하지만, 석방을 축하한단 소린 하지 마. 그럴 형편이 아냐. 왜놈들은 아직도 동지들 열 명 이상을 잡아두고 있어. 네게 이걸 돌려주려고 왔어. 그동안 하도 정신이 없어서 깜빡했지 뭐야."

김신안이 시곗줄을 건넸다.

"어떻게 네 손에?"

"병원으로 옮길 때 테츠오가 주더라고. 네 주머니에서 떨어진 거 같다고."

성급히 김신안은 가봐야 한다며 일어섰다. 그도 따라 나가 배웅했다. 그들은 눈 내리는 길을 천천히 걸었다.

"그동안 욕봤어."

"각오한 건데 뭘. 이제야 진정 왜놈의 식민통치를 미워하게 된 거 같아. 일부러 겪을 건 못 되지만 좋은 경험이었어. 전에는 미워했어도 머릿속 관념이었던 거 같아. 난 한국인이지만 그동안은 일반 국민들처럼 심하게 괴롭힘을 당하지는 않았어. 세력 있고 부유한 집 자식이니까. 하지만 유치장에선 그런 거 없더라고. 한국인이면 일단 무지막지하게 두들겨 패고 고문부터 하고보는 거야. 한국인이라는 사실이 뼈에 아로새겨진 느낌. 아니, 이 정도도 아직 감상일까… 아무튼 내가 평생 간직할 한국인이라는 꼬리표를 몸에 새긴 거 같아."

김신안이 형형한 눈빛으로 씩 웃었다. 한 달 사이 성큼 성숙해진 것 같았다.

"잘 있어. 난 작별 인사를 하러 온 거야."

김신안이 그의 손을 굳게 잡으며 말했다.

"작별이라니?"

"경성에서 형님이 오셨어. 도쿄에 날 혼자 뒀다간 무슨 일을 저지를지 모른다고 강제로 데려오라는 분부가 있었대."

"순순히 따라갈 거야? 학교는 어쩌고?"

"일단 가야지. 그리고 그깟 졸업은 해서 뭐해? 난 독립운동에 몸 바칠 거야. 우리 학생들이 시작한 독립만세의 함성이 삼천리 방방곡곡에 울려 퍼지도록 할 거야. 그래서 전 세계가 한국이 독립을 원한다는 걸 알게 해야지."

그들은 전차 정거장에 눈을 맞으며 서있었다. 사람도 자동차도 하얗게 눈을 뒤집어쓰고 지나갔다.

"언제 떠나?"

"내일."

"그렇게 급히?"

가슴엔 할 말이 수북히 쌓였는데도 말은 나오지 않았다. 그는 김신안의 형형한 눈빛을 피해 회색 하늘을 올려다보았다. 차가운 눈송이가 그의 얼굴을 덮었다 녹아내렸다.

"하숙까지 바래다줄게."

"아냐. 늘 하던 대로 해. 혼자 갈게… 널 알게 되어 정말 기뻤어. 많이 배웠어. 숙명이 뭔지, 운명이 뭔지, 성실이 뭔지… 아, 내일 역에 나오지 마. 여기서 그냥 작별하는 게 좋아."

"이대로 이별인가… 네게 미안하다는 말도 제대로 못했는데."

"뭔 소리?"

"이번 만세운동에서 무력하기 짝이 없었던 것도 그렇고… 나만 무사히 대학을 졸업하는군."

더듬거리며 아쉬워했다. 김신안이 그의 손을 꽉 붙잡았다.

"쓸데없는 소리. 넌 훌륭한 농학자가 되어 한국에 돌아와. 해방되는 그날, 네가 한국인이라는 사실을 잊지 않는다면 그걸로 충분하네, 그것만으로도 넌 누구도 지기 힘든 짐을 진 거야. 기다릴게… 지금은 서로가 다른 길을 가는 것 같아도 반드시 다시 만나게 될 거야. 우리, 그때 한 점 부끄러움이 없도록 떳떳이 살아가자… 참, 홍광표 선배는 아직 유치장에 있어. 아무래도 이번엔 실형을 받아서 스가모 감옥으로 갈 거 같대. 부탁한다."

눈보라 속에 전차가 나타났다. 김신안은 타고 가버렸다.

멍하니 서서 전차의 뒤꽁무니가 하얀 눈보라 속으로 사라지는 걸 지켜보았다. 눈보라는 점점 더 심해졌다.

'아버지의 무덤에도 눈이 쌓였을까?'

눈 내리는 길을 터벅터벅 걸어서 집으로 돌아갔다.

4부

1953년 부산

작은 연꽃

국회에서 개량종 무, 배추 씨앗을 생산하기 위한 예산안이 통과되지 못했다. 일부 국회의원들은 지금이 그런 데다 돈을 쓸 때냐고 질타했다고 했다.

서울에서 삼촌이 전화를 걸어왔을 때, 김중곤은 그 문제부터 알렸다.

"종자자립 계획이 무산된다면 홍익종묘는 망하고 말 거예요."

삼촌이 당장 부산으로 돌아올 수 없다는 말에 김중곤은 애가 타서 우는 소리를 했다.

"국회는 내가 여기서도 알아보마. 그보다 사람들이 민병국과 윤 선배를 서울에서 본 모양이던데. 대체 무슨 꿍꿍이를 꾸미고 다니는 건지."

"최악으로 갑갑할 텐데도 우 박사님은 아무런 내색도 안 하세요. 예산도 그렇지만 일본행 여권이 안 나오는 게 젤 큰 타격일 거예요. 해결해줄 사람은 경무대 박 비서관뿐인데 계속 피하는 눈치고. 요즘 박사님은 잠을 거의 못 주무시는 모양이에요."

김신안은 한숨만 푹푹 내쉬면서 한참이나 뜸을 들였다. 그리고 김중곤에게 충고했다.

"너라도 박 비서관을 자꾸 찾아가서 부딪쳐보면 어떠냐? 담판을 지어보렴. 아무리 피해도 자꾸 찾아가면 만나지겠지. 위독하단 소식이 온 게 언젠데… 어머님이 우 박사를 못 만난 채 돌아가시면 천추의 한이 될 거다."

"저도 그렇게 생각해요. 삼촌은 우 박사 어머님을 뵌 적이 있나요?"

대답이 없었다. 부산과 서울, 전화는 감이 멀었고, 혼선이 자꾸 일어났다. 간간이 끼어드는 다른 사람의 목소리들. 말소리는 뱀처럼 뒤엉키며 우왕우왕 제 꼬리를 찾아 헤맸다. 하긴 기차를 타도 10시간 이상 걸리는 먼 거리인 것이다.

한참 만에 김신안이 느릿느릿 말했다.

"그러고 보니 거의 없구나… 우 박사 어머니는 언제나 한걸음 뒤에서 말없이 지켜보고만 계셨지. 의연하고 굳센 바위 같단 인상이었는데… 이제 여든이 넘으셨을 테니 돌아가시기라도 하면 우 박사의 상심은 이만저만이 아닐 게다. 우 박사는 학문적 미래를 포기하고 한국으로 돌아왔지만, 그렇다고 어머니를 버린 건 아니거든. 정말 큰일이구나."

김신안은 별 대안도 없이 큰일이라는 말만 되풀이했다.

당부대로 김중곤은 예고 없이 임시정부 청사로 찾아갔다. 허탕을 치자 청사 뒤 언덕에 있는 대통령 관저로 올라갔다. 가파른 대신동 언덕길을 한 계단씩 오르자니 땀이 줄줄 흐르며 한숨만 나왔다. 내려다보이는 부산 앞바다는 전쟁 통이라는 게 믿어지지 않을 정도로 푸르고 평화로웠다.

'저 바다를 몇 시간만 건너가면 되는데. 간단한데…….'

관저는 한산했다. 박 비서관은 서울 출장 중이라고 했다. 김중곤이 선뜻 돌아서 나오지 못하고 미적거리자 직원이 단조롭게 말했다.

"당분간은 만나시기 어려울 겁니다. 애로사항이 있으면 서류로 제출하세요."

"서류는요, 이미 제출됐습니다."

김중곤이 입술을 비틀며 반박했다.

"그런데도 차일피일 미루니까 직접 찾아온 겁니다. 시간을 다투는 급한 일이라고요. 여권 내주는 게 그렇게 어렵습니까? 대통령 각하께선 우 박사님의 애로사항은 특별히, 최우선적으로 처리하라고 박 비서관님께 지시하신 걸로 아는데요."

자기도 모르게 목소리가 높아졌다. 직원은 눈도 깜빡하지 않았다.

"아무리 그러셨대도, 절차를 밟아야 합니다. 그리고 지금 정부엔 업무가 산적해 있습니다. 휴전협정이 임박했고요. 게다가 반공포로 석방문제로 미국과도 관계가 꼬여 여간 힘들지 않습니다."

오히려 직원이 한술 더 떠 푸념을 늘어놓았다.

빈손으로 나오려니 발걸음이 무거웠다.

삼촌이 부산에 돌아오면 해결할 수 있을까? 쉽지 않을 것이다. 김신안은 아는 사람은 많아도, 정작 실세라고 할 사람들과는 가깝지 못했다. 소위 재야인사인 것이다.

동래 시험장에 도착하니 오늘도 견학단이 있었다. 까만 주름 스커트에 하얀 세일러 칼라의 윗옷, 갈래머리를 땋은 여학생 단체였다. 그들은 이리저리 몰려다니며 새끼 새처럼 재잘댔다. 전쟁과는 먼 평화롭고 명랑한 웃음에다 한 톤 높은 밝은 목소리들이어서 청량하고 경쾌하게 들렸다. 우 박사가 궁금해 할 걸 알면서도 김중곤은 사무실로 들어가지 않고 여학생들이 줄 서있는 운동장 끝 플라타너스 그늘에서 서성거렸다.

홍실장이 나타났다. 포치 아래서 해설을 시작했다. 육종학이란 무엇인가… 김중곤은 햇빛이 눈부셔 눈을 가늘게 뜬 채 멍하니 바라보았다.

"비서관님은 만났나요?"

어느새 김 과장이 옆에 와 있었다.

"서울 가셨답니다. 언제 돌아올지 모른대요. 시기가 안 좋은 것 같습니다. 하필 휴전협정이니 서울환도니 해서 정신없는 판국이라. 밀항이든 뭐든 딴 방도를 찾아야 할 것 같습니다."

되도록 좋은 말로 사정을 전하고 싶었다.

한국을 믿고 온 우 박사를 어머니의 임종도 지키지 못하게 만드는 현실이 자신의 치부만큼이나 부끄러웠던 것이다.

김 과장이 킁킁 헛기침을 하고 목소리를 낮추었다.

"어떨까요? 나도 궁리해봤는데, 구응서 씨에게 부탁해보면?"

"여권발급은 민사부 소관인데 한국은행 총재가 무슨 힘이 되겠습니까?"

"오늘 뉴스에서 들었는데. 정부가 서울로 돌아가면 내각을 새로 구성할 텐데, 구응서 씨가 상공부장관 물망에 오른 모양입디다."

"누구는 승승장구군요."

갑자기 꺅, 하고 비명 소리가 터져 나왔다. 두 사람은 대화를 그치고 주목했다.

"우 박사님이시다. 우 박사니임."

여학생들은 환호성을 지르며 박수를 쳤다.

우 박사가 현관에 나타났다. 밀짚모자를 벗자 햇볕에 검게 그을린 얼굴이 보였다. 흙탕물로 얼룩진 셔츠며 목에 두른 수건이며, 고무신, 조금 전까지 시험포에서 밭일을 하다 들른 모양이었다.

"우 박사님, 저희에게 한 말씀만 해주세요."

여학생들이 입 모아 외쳤다. 환호성이 점점 더 커졌다. 홍실장이 인솔교사와 상의하더니 우장춘에게 다가가 권했다.

"특별히 여학생들에게 도움이 될 만한 얘기, 한마디만 해주시죠?"

잠시 후 우장춘은 수건으로 땀을 씻으며 앞으로 나섰다. 박수 소리가 그치지 않았다.

"오늘의 내가 있는 것은 두 명의 여성이 있었기 때문입니다. 한 분은 바로 내 어머니입니다. 나는 여섯 살 때 아버지를 잃고 홀어머니 슬하에서 어렵게 자랐습니다. 일본아이들에겐 센진노꼬라고 따돌림을 당했고 고통과 시련의 연속이었습니다. 내가 좌절할 때 어머니는 길가에 핀 민들레꽃처럼 꿋꿋하게 살자는 약속을 하게 했고, 당신도 그 약속대로 언제나 굳건히 뒤에서 버티며 응원해주셨습니다. 길가의 민들레는 아무리 사람들의 발길에 밟히더라도 끈질기게 다시 일어나 노란 꽃을 피웁니다. 나는 민들레꽃을 볼 때마다 어머니를 떠올리며 의지를 다져왔습니다. 여러분도 장래 누군가의 어머니가 될 사람으로서 굳센 의지를 가져주기 바랍니다……."

분위기가 숙연해졌다. 김중곤은 콧잔등이 시큰했다.

그런 어머니가 죽어가고 있는데, 여권을 안 내줘 못가고 있다.

"그런데 박사님, 질문이 있어요."

한 여학생이 손을 들고 물었다.

"박사님께선 일본에 계실 때 한국인이라는 이유로 차별당하고, 심지어 일본인에게 연구성과를 가로채이기도 했다던데, 사실인가요?"

일순 우장춘의 표정이 굳어졌다.

김중곤은 명치에 불을 놓은 것처럼 화르륵 쓰라렸다. 타는 듯한 심정으로 대답을 기다렸다.

잠시 후 우장춘이 느릿느릿 대답했다.

"소문입니다. 내가 강연 때마다 육종학을 설명하려고 씨 없는 수박을 예로 드니까, 내가 씨 없는 수박을 발명했다고 소문난 것과 비슷해요. 씨 없는 수박은 기하라 박사의 업적입니다. 아직은 육종학이 세간에 잘 알려지지 않아서 이런저런 풍문이 많이 돌아다니는 겁니다."

다시금 울컥했다. 눈앞에 시뻘건 화염으로 불타는 고노스(일본 농업시험장의 이름)의 연구실이 보이는 듯 했다. 전해 들었는데도 마치 자신이 그때 그 현장에서 목격한 것처럼 그 광경이 생생히 그려졌다.

1930년 가을 우장춘이 완성해서 도쿄대학에 제출하려 했던 박사학위 논문은 제출 전날 밤, 의문의 화재로 불타버렸다.

1919년 대학을 졸업한 우장춘은 일본 농림부 산하 농업시험장에 임시직원으로 들어갔다. 거기엔 테라오 박사가 있었다. 귀족출신으로 미국에서 박사학위를 받고 돌아온 선진 엘리트로, 진화론의 권위자로, 유명세를 떨치고 있었다.

일 년이 지나 정직원인 기수로 승진했을 때 테라오가 우장춘을 면접했다.

그는 미심쩍어하며 중얼거렸다.

"어떻게 임시직에서 기수로 승진할 수 있었지?"

'감히 조센징 주제에'라는 말은 생략되었으나, 말투에 밴 경멸은 우장춘이 여태껏 일본사람들에게 받아온 익숙한 것이었다.

묻는 게 아니어서 우장춘은 묵묵히 서있었다.

테라오는 한참이나 이력서를 이리저리 뜯어보더니 탁 덮으며 콧방귀를 뀌었다.

"안도 교수 추천이군. 그런데 군이 우리 화훼 팀에 들어와 배겨낼 수 있을까? 우리 부서는 만만한 데가 아냐. 팀 전원이 진화론의 신경지를 개척하는 데 목숨 바칠 각오로 전력을 다하고 있거든. 일본군대가 아시아를 지키는 성전에 뛰어든 것처럼 일전불사로 전열을 가다듬고 있네. 군도 목숨 바칠 각오라야 끼워주겠어."

테라오는 겉보기엔 미국식 교양을 갖춘 세련된 학자였으나, 강자에겐 약하고 약자에겐 강한 기질, 약육강식의 논리가 뼛속 깊이 배인 엘리트주의자였다. 시험장 내에선 부하직원이 아키다 현에서 개발한 신품종 벼의 성과를 가로챘다는 뒷공론도 떠돌았다.

화훼 팀에서 우장춘은 나팔꽃속 식물을 맡아 연구했다.

중학 시절 이후 그는 바로 지금이 소중하며 한 번에 한 걸음씩만 나아갈 수 있을 뿐이라는 사실을 명심해왔다. 남과 자신을 비교하거나, 다른 이의 성과를 따라잡아야 한다고 발을 동동거리지 않았다. 자신의 발밑만 주목하면서 한 발자국씩 확고하게 걸음을 내딛어왔다.

흔들림 없는 자세여서 엘리트주의적 차별 같은 건 조금도 그에게 영향을 끼치지 못했다. 갈수록 두각을 드러냈다. 사상 최초로 겹피튜니아꽃을 합성해냈다.

그걸 바탕으로 박사학위 논문을 쓴 게 1930년 가을이었다.

논문을 다음날 도쿄제대에 제출하려고 만반의 준비를 해놓고 잠자리에 든 밤, 시험장에선 불이 났다. 관사에서 연구동까지 잠옷 바람으로 뛰어온 우장춘은 논문을 건지겠다고 맹렬히 타오르는 불길 속으로 뛰어들었다가 부상을 입었다. 연구동은 몽땅 불탔다. 누전 때문이라고 했다. 10년 동안 애쓴 논문은 잿더미가 되었다. 상심하여 병석에 눕고 말았다.

돌연 부서가 유채 팀으로 이동되었다. 우장춘에겐 수확기간이 짧으면서도 수확량이 많은 신품종 유채를 개발하라는 지시가 내려졌다. 테라오가 겹피튜니아를 사카다 농장에 넘겨서 그 씨앗에 '사카다 매직'이라는 상표를 붙여 미국으로 수출한다는 풍문이 들렸다. 씨앗 무게 값을 금 무게 값으로 받을 정도로 비싸게 팔린다고 했다. 그 사실이 머리에 떠오를 때마다 부르르 떨곤 했다.

'만약 여기서 진다면 누구도 아닌 나 자신에게 지는 것이다.'

툭툭 털고 일어나기로 했다. 돌이켜 생각하면 우생학을 역설하며, 일본 핏줄의 우수성을 강조하는 테라오의 그늘에서 벗어나 연구할 수 있게 되어 다행이었다.

다시 연구에 몰두했다. 유채 유전자의 염색체를 조사하다가 그 속에 양배추와 배추 염색체, 두 종류가 다 들어있다는 사실을 발견했다. 자연에서 종간 협력이 일어난다는 증거였다.

대학 시절 슈메이관 지하 2호 강의실에서 안도 교수가 투쟁이 아닌 협력으로 자연이 발전한다는 사례를 발견해보라고 격려했던 때로부터 20년만이었다.

우장춘은 신들린 듯 파고들었고 박사학위 논문을 새로 썼으며 1935년에는 도쿄제대에서 박사학위를 받았다. 〈우장춘의 트라이앵글〉이라고 이름 붙은 이론은 일파만파 퍼져가 세계 생물학계의 정설이 되었다.

안도 교수는 자기 일처럼 기뻐해주었다.

"드디어 증명해내고야 말았군. 컴컴한 농학부 강의실에서 자네 질문을 듣고 눈이 번쩍 떠졌던 게 어제 일 같은데… 한번 잡은 실마리를 놓치지 않고 끝까지 연구, 증명해 내다니, 정말 장하네. 정말 자네가 자랑스럽네."

눈물까지 글썽거리며 칭찬을 계속했다.

"투쟁해서 강자가 살아남는 게 보편의 법칙은 아니다! 개체는 공존, 협력하니까 발전한다! 서로 다른 개체들이 결합해서 보다 발달된 종이 탄생한다! 협력과 상생이야말로 발전 원리다! 그렇지, 그렇지! 누구도 넘보지 못한 신경지를 열었네. 좋군, 좋아! 무엇보다 약육강식을 신봉하는, 대단하신 미국 박사께서는 충격 좀 받으셨겠구먼."

한국인이 도쿄제대에서 박사학위를 받은 일은 큰 기사거리가 되었다. 방송이며 신문에 떠들썩하게 오르내렸다. 교토에 있는 농업시험장으로 가끔 한국인이 우장춘을 찾아오기 시작했다.

김신안이 우장춘을 찾아 교토로 간 것은 1938년, 일본의 만주침략이 본격화된 무렵이었다. 헤어질 때와 달리 김신안은 풀이 많이 죽었다. 천진난만했던 청년의 혈기는 사라졌다.

우장춘은 집으로 데려가 밤이 이슥하도록 회포를 풀었다. 시험장에 딸린 관사여서 전쟁의 열기와 감시는 덜했고, 식량사

정도 좀 나아 먹을 것을 대접할 수도 있었다.

"마음 놔. 어제 형사가 다녀갔으니까 며칠은 괜찮을 거야."

"우 박사도 감시를 받고 있어?"

"한국인은 다 그렇지. 정기적으로 형사가 찾아오긴 하는데, 안에서 잘 처리해주니까 크게 번거로울 건 없어."

"부인을 잘 얻은 모양이네. 소식은 간간이 들었어. 한국인이 박사학위를 받았다고 방송에 나고 신문에도 대문짝만한 기사가 났더군. 논문요약도 신문에서 읽었고, 다윈의 학설을 수정해서 전 세계의 갈채를 받았다고… 그런데도 우 박사를 여전히 최하위직 기수 자리에 처박아두고 있으니… 아무리 왜놈이지만, 차별도 어지간하군."

"일본 성으로 바꾸면 기사로 승진할 수는 있다고 해."

"승진하기 싫어?"

"한국인으로 살기로 약속했잖아."

"아직도 청년 시절의 약속을 지키는 사람이 있어? 요즘은 왜놈들 탄압이 워낙 심하니까 다들 무너지는 판국이야. 창씨개명은 어쩔 수 없단 분위긴 걸. 우리 대학 시절 스타였던 이보경 선배는 이미 가네야마라고 이름을 바꾸고 전국 강연을 다니지… 한국에서 머뭇대다간 나도 유혹에 빠질 거 같아서 길을 찾아가는 참이야."

"어쩌려고?"

"상해로 갈 거야."

"임시정부?"

두 사람은 눈을 감고 침묵했다. 상해시 프랑스조계 바이얼 부루가 23번지는 그들 청춘의 이상향이었다.

다음 날 김신안은 교토를 떠났다.

오후 늦게 서울에서 오는 기차가 모습을 드러냈다. 플랫폼에 내리는 승객들은 땀과 먼지, 석탄재로 절어있었다. 그 속에서 김신안을 발견하곤 우장춘은 손을 번쩍 쳐들었다. 김신안이 툴툴거리며 다가왔다.

"내려오다가 군용기차를 만나는 바람에 대전역에 정차해서 더 늦어졌다네. 참, 거기서 윤 선배를 만났네. 서울 가는 길이라고. 이젠 다들 서울로 돌아가는 분위길세. 근데 윤 선배들은 우 박사를 용납할 의사가 없는 것 같았네……."

낮 내내 후텁지근하더니 밤이 되자 비가 내렸다. 두 사람은 시험장 관사의 마루에 나앉아 오랜만에 내리는 빗소리를 들었다. 캄캄한 어둠 속에서 김신안이 느릿느릿 부채질을 하면서 물었다.

"그 동안 일본에서 다른 소식은 없어?"

어둠 속에서 우장춘은 고개를 저었다.

"아직은. 온다면 어머니가 돌아가셨다는 내용일 거 같아 두

렵네.”

“정말 미안하네. 나도 여기저기 힘닿는 대로 알아봤지만 아무래도 이번 일본행은 단념해야 할 거 같아. 우 박사를 일본에 보내주면 안 돌아올 거라는 걱정도 하나봐. 이렇게 피폐하고 못사는 나라니까 일본으로 돌아가면 안 올 거라고…….”

짐작은 했지만 새삼 화가 치밀어 우장춘은 주먹으로 마루를 쳤다.

“나는 조국을 선택해서 한국에 온 것이지, 마지못해, 어쩔 수 없어서, 속죄의 볼모로 온 게 아니야.”

“속죄의 볼모?”

김신안은 그 말이 생선 가시처럼 목에 걸려 천천히 되씹었다.

우범선의 아들.

어둠 속이었지만 우장춘을 똑바로 볼 수가 없었다. 한참 동안 그들은 아무 말 없이 앉아있었다.

“여보게, 홍광표 선배가 죽었어.”

김신안이 뜬금없이 말을 꺼냈다.

“아, 그 선배? 왜? 어떻게?”

“북쪽에서 숙청된 모양이야. 그걸 알아보느라 서울에서 지체했던 거야.”

우장춘은 놀라 다시 되물었다.

“그 선배는 모든 걸 바쳐 독립운동을 했는데… 그런데 왜?

정말 우린 부끄러운 시대를 살고 있군……."

"그렇지? 이런 시대에 어영부영 살고 있으니 모조리 지옥에 가게 될지도 몰라. 나라를 찾고서도 서로 싸우고 죽이고, 찾은 나라를 제대로 세우질 못하니… 우리가 젊었을 땐 우리 아버지 세대가 잘못해서 나라를 잃었다고 원망했었지. 아마 후손들도 우리에게 같은 비난을 퍼부을 거야. 하지만 러일전쟁, 만주사변, 1, 2차 세계대전에 6.25까지, 사는 내내 전쟁에 시달려온 우리를 후손들이 너그럽게 봐줬으면 좋겠군. 그런 소릴 하면 닥치고 지옥으로 꺼지라고 할지도 모르지만."

김신안이 우울하게 뇌까렸다.

"지옥에 갈까봐 걱정인가 본데 걱정하지 마. 지옥에 가게 되면 내가 천당에 있다가 밧줄을 내려줄 테니, 그걸 잡고 올라오게."

우장춘은 짐짓 분위기를 바꾸려고 명랑하게 받았다.

"천당? 너만? 잘났군. 염라대왕이 너만은 대단히 좋은 일 했다고 칭찬할 거 같아?"

김신안도 기분을 고치고 농담으로 받았다.

"아마 저승에 가면 염라대왕이 묻겠지. 너는 생전에 어떤 일을 하다 왔느냐? 난 이렇게 대답할 거야. 작은 배춧잎 하나 개량하다가 왔습니다. 염라대왕은 말할 거야. 그러냐? 대단치는 않지만 그만하면 착한 일을 한 셈이니 저기 있는 작은 연꽃 위에 가서 앉거라. 어때? 그럴싸하지? 내가 뭐 그렇게 대단한 일을 했다고 커다란 연꽃에야 앉겠어?"

허탈한 웃음을 그치지 못했다.

다음 날, 일본에서 어머니가 돌아가셨다는 소식이 왔다.

그 후 6년 동안 우장춘은 동래의 농업시험장에서 한국 농업의 기반을 닦다가 죽었고, 약속대로 한국 땅에 뼈를 묻었다. 무, 배추의 개량 말고도 대관령에서 씨감자를 생산하는 것, 제주도가 귤의 산지가 된 것, 한국의 길가에 코스모스가 피는 것, 등등은 모두 그의 업적이다.

작가의 말

나는 교사가 되고 비로소 우리 현대사를 공부했다. 뒤늦게 알게 된 대한제국 말엽부터 해방 정국까지 한국사는 놀라움의 연속이었고, 제대로 된 우리 역사를 모른 채로 살아왔다는 사실이 억울하기도 하고 부끄럽기도 했었다.

때문에 학창 시절 은사님을 뵈었을 때 항의했었다.

"왜 우리에게 이런 걸 안 가르쳐주셨어요?"

교수님은 심각한 표정으로 대답하셨다.

"우리도 배운 적이 없었는 걸."

하여 내가 알고 있는 우리의 역사를 이야기하고 싶다, 남들에게 알리고 싶다는 욕구가 나로 하여금 소설을 쓰게 만들었었다. 그 와중에 접한 인물들 중 우장춘이 가장 감동적이었다.

주어진 인생 조건을 고스란히 긍정하고 최선을 다해, 성의를 다해 살아간다는 덕목에 비추어볼 때 우장춘은 내가 가장 닮고 싶은 인물이었다.

그의 인생은 험난했다. 구한말 일본에 망명한 한국인과 일본인의 혼혈로 태어나 1차 세계대전부터 6.25까지 네 번의 전쟁을 치르는 격동의 시대를 살았다. 그는 한국인에 대한 핍박과 차별이 극심했던 일본의 강압통치 시절 일본인도 받기 어렵다는 도쿄제대에서 박사 학위를 받았고, 자신의 본분인 농업연구에 몰두했다.

우장춘이 독립운동을 했다는 기록은 없다. 그러나 그는 자신이 한국인이라는 의식은 확고했고, 그 신념을 지키기에 한 점

부끄러움이 없었다. 일제말기 한국의 지도자들이 창씨개명을 하는 가운데도 끝까지 '우'라는 성을 지켰으며 해방 후 황폐해진 한국으로 돌아오기를 조금도 주저하지 않았다. 돌아온 후 한국의 식량자급의 기초를 닦은 뒤 국민들에게 약속한대로 아버지의 나라에 뼈를 묻었다.

그의 인생을 많은 이들에게 알리고 싶었다. 내가 안타까워하고 눈물 흘리고 가슴 아파하는 감동을 다른 이들도 고스란히 느꼈으면 하고 바랐다.

우장춘을 글로 쓰면서 마음 적적하고 힘이 빠질 때면 수원 여기산 자락에 있는 그의 묘소며, 부산 동래에 있는 농업시험장 자리인 학교, 기념관, 자유천 등지에 가보곤 했었다. 그리고 그의 청춘의 발자취를 찾아 한 달 가량 도쿄부터 히로시마현 구레 시까지 배낭여행을 다니기도 했었다.

이십년 전 우장춘에 대해 본격적으로 탐구하기 시작했을 때 처음 접한 책은 김태욱의 『인간 우장춘』이었다. 이어 스노다 후사꼬의 『나는 조국을 선택했다』는 평전이 나왔었고, 몇 년 전에는 이영래의 『우장춘의 마고토(誠)』라는 평전이 나와 많은 도움을 주었다. 그 외에도 그 시대를 알고 육종학이라는 학문을 알고 우리나라 농업연구의 역사를 아는 데 많은 책과 논문, 신문기사의 도움이 있었다.

여기 쓰여진 이야기는 내 나름으로 우장춘의 젊은 날을 상상해 본 것이다. 이 책을 출판하도록 도와주신 실천문학 대표님과 박성아 씨에게 감사드린다.

2015년 겨울 이남희

우장춘 연보

1857년 아버지 우범선 출생.

1895년 을미사변.

1896년 우범선 일본으로 망명, 사카이 나카와 결혼.

1898년 아들 우장춘 출생.

1902년 구레시로 이주.

1903년 11월 우범선은 고영근과 윤효정에게 암살당함.

1904년 우장춘은 희운사로 보내짐.

1907년 구레시로 돌아와 히가시 혼도리 소학교에 입학.

1910년 한일병합.

1916년 현립 구레 중학교 졸업, 도쿄제대 농학부 실과 입학.

1919년 대학 졸업, 일본농림성 농사시험장에 고원으로 입사.

1920년 일본 농림성 농사시험장 기수로 승진.

1923년 고하루와 결혼.

1930년 의문의 화재로 박사논문이 불탐.

1936년 일본 도쿄제대에서 농학 박사학위 취득.

1937년 농사시험장 사직 이후 교토 다키이 연구 농장장으로 일함.

1950년 3월 환국 후, 농업과학연구소 소장으로 취임.

1953년 어머니 사카이 나카 사망.

1959년 대한민국 문화포장을 받음, 우장춘 사망.

청년 우장춘

2016년 1월 11일 1판 1쇄 찍음
2016년 1월 18일 1판 1쇄 펴냄

지은이 이남희
펴낸이 김남일
편집 박성아, 이승한
디자인 김현주
관리 영업 김태일, 채경민
펴낸곳 (주)실천문학
등록 10-1221호(1995.10.26)
주소 서울특별시 마포구 월드컵로10길 48 501호(서교동, 동궁빌딩)
전화 322-2161~5
팩스 322-2166
홈페이지 www.silcheon.com

ISBN 978-89-392-0746-2 03810